Maria Lazar

Viermal ICH

Ein Roman

Erstmals aus dem Nachlass herausgegeben
und mit einem Nachwort versehen
von Albert C. Eibl

das vergessene buch

Der in den späten 1920er Jahren entstandene Roman *Viermal ICH* ist noch nie veröffentlicht worden und wird hier erstmals aus dem Nachlass herausgegeben – auf Grundlage des in der Österreichischen Exilbibliothek im Literaturhaus Wien aufbewahrten Originaltyposkripts.

1. Auflage 2023
Das vergessene Buch | www.dvb-verlag.at

Printed in Germany

MIX
Papier | Fördert gute Waldnutzung
FSC® C083411

Umschlaggestaltung: Lukas Spreitzer, Wien
Satz: Kevin Mitrega, Schriftloesung
Druck und Bindung: CPI books, Ulm

ISBN 978-3-903244-26-9

Viermal ICH

Das erste Mal geschah es, als ich noch klein war. Zwölf Jahre. Wir hatten ein Küchenmädchen, das hieß Julie. Julie Horky. Da aber die Köchin auch Julie hieß, wurde sie Horky gerufen. Einfach Horky.

Es war Sommer und dunstig und staubig und wir sollten aufs Land fahren. In irgend ein großes Hotel im Hochgebirge, wo es sicher regnete. Die Horky stand abschiedsbereit im Hausflur, hatte eine frische, papiersteife weiße Bluse an. Ihre Haut glänzte, als hätte sie sie eben mit flüssigem Kerzenwachs eingerieben, und die strohigen Haare hatte sie straff nach hinten gespannt. Die Horky war gut, viereckig und fest wie eine Kiste. Und da stand sie nun und wartete, dass ich ihr einen Kuss geben sollte.

Ich gab ihr nämlich alle Tage einen Kuss im Hausflur, wenn ich in die Schule ging. Sie steckte mir dabei das Frühstücksbrot zu. Dieser Kuss schmeckte nach Schmierseife und grobem Mehl. Ich glaube, ich küsste sie eigentlich gern.

Aber heute standen zwei riesige Lederkoffer zwischen mir und ihr und Mama gab noch Aufträge und Papa hielt seine Brieftasche in der Hand und meine Schwester Bea winkte schon aus dem Auto, das vor dem Tor stand. Vor allem aber sah Onkel Max auf mich herab, dunkel und furchtbar groß, mit dem gewissen Lächeln um die Lippen, und da konnte ich die Horky doch nicht küssen, wenn es auch für zwei Monate fort ging, ich konnte nicht, sondern sprang an ihr vorbei auf die Straße hinaus.

Ich sah dann noch, als wir um die nächste Ecke bogen, wie sie vor dem Haus stand und winkte. Ihr Arm war rund und ungeformt wie ein dicker Ast. Ich wusste, dass ihre fahlen Augen rot in Tränen schwammen. Ich wusste es, obwohl ich es nicht sehen konnte.

Damals geschah es zum ersten Mal.

Es war ein lauer Sommertag, der Himmel hing herab in erstickten Wolken und unser Zug lief zwischen farblosen Feldern. Meine Schwester Bea aß ein Brot mit gelbem Käse. Ich fühlte mit den Fingerspitzen den Samt der Sitze und hatte einen seltsamen Klotz im Magen, eine Faust, die sich zusammenkrampft. Die Horky – ach die Horky war jetzt sicher traurig, furchtbar traurig, weil ich sie verraten hatte. Sie sah herab auf ihre papiersteife Bluse und ich sah herab auf plötzlich angeschwollene schwere Brüste, roch das Abwaschwasser, spürte das grobe ausgeflickte Hemd – eine Katze saß auf der Ofenbank, eine alte Frau stöhnte in einem Bauernbett, rohe Männerstimmen, endloser Regen über gelbem Getreide, eine riesige Kuh, und meine Brüste zogen mich herab, immer tiefer herab in ein schwüles Dunkel bis der Zug mit einem grässlichen Ruck halt machte.

Ein wilder roter Schnitt, tropfendes Blut, und ich stand auf und wunderte mich, dass ich so mager war. Mein Blick fiel in den kleinen Spiegel des Abteils dicht neben dem blonden Kopf meiner Schwester Bea, jemand rief zum Fenster herein: – Bier bitte! Und ich sah ein fremdes blasses Gesicht mit tiefen Augen, zusammengewachsenen Brauen, Kinderwangen und einem entsetzlich alten Mund. Ich wandte mich um. Nein, hinter mir stand niemand. Plötzlich streckte ich die Zunge heraus. Die andere, die im Spiegel streckte auch die Zunge heraus. Und Julie Horky packte jetzt eben ihre mehl- und seifenduftenden groben Hemden in ein Holzköfferchen, um in ihr tschechisches Heimatsdorf zu reisen.

Ich aber fuhr mit Mama und Papa und Bea in ein Hotel im Hochgebirge, wo es sicher regnete. Warum? Wieso? Warum nicht an ein südliches kochend blaues Meer? Oder in ein Dorf mit rotem Kirchturm?

Das war das erste Mal.

Am Abend erkannte ich in dem Spiegel des Speisesaals meine dürftige Schulmädchengestalt zwischen vielen bunten Menschen. Mama sagte: – Halt' dich gerade. Und erst viel, viel später erfuhr ich, dass die Horky damals ungefähr im dritten Monat einer Schwangerschaft gewesen sein musste.

Ich wusste natürlich gar nicht, was geschehen war, ahnte es nicht einmal. Ich spielte den Sommer lang mit russischen und französischen Kindern, las im Geheimen einen Roman, den Bea für gewöhnlich in ihrer Handtasche versperrt hielt und in dem sehr viel von der Liebe stand. An die Horky dachte ich gar nicht mehr, denn ich bin nicht gut und edel, ganz gewiss nicht, auch nicht schlecht –

Eigentlich gar nichts. Und das ist es eben. Eben deshalb schreibe ich diese Notizen, vielleicht wird es auch ein Buch, ein Bekenntnis, weiß Gott was. Das ist übrigens gleichgültig.

Tatsache ist, dass ich hier etwas niederschreibe, ich, nicht wahr, ich, daran kann doch kein Zweifel sein, und wenn ich es lese, und ich werde es oft lesen, vielleicht sogar jeden Abend, wie ein Gebetbuch, eine Bibel – denn warum zum Teufel soll man immer nur von anderen lesen? Die Horky kann sich ihr Leben ja schließlich selber aufschreiben, wenn sie will, aber die denkt nicht daran, sitzt bei sich zuhause in einem Fabriksnest, rote Ziegelbaracken und Ruß, sechs Kinder hat sie oder sieben, die Haut unter ihren Nägeln ist ganz zerrissen, das Älteste hat einen Wasserkopf, und sie hat eine graue Bluse, vergilbtes Haar, riecht nach Schnaps aus dem Mund –

Aber Herrgott, was geht mich die Horky an!

Ich muss mich zusammennehmen, muss von mir schreiben, von mir allein. So eine Art Lebensgeschichte. Das wird zwar nicht sehr interessant. Braucht es auch nicht zu sein. Und gar nicht bunt. Wenn ich von Grete schreiben könnte, das wäre so weich, so süß, so hell. Schaukelnde Abende unter verhängten Lampen. Oder von Anette. Donnerwetter, wäre das lustig, spitz und zackig und etwas schmerzhaft und nicht immer appetitlich, mit Geldfetzen dazwischen. Gar nicht zu reden von Ulla, die wie ein Salzfelsen ist, kristallklar und beißend gescheit. Aber was soll das alles. Ich will das doch gar nicht. Ich will von mir schreiben. Von mir allein.

Denn es muss etwas geschehen. Besonders seit der Sache von gestern. Das war ja ein Verbrechen, eine Sünde. Aber war ich denn schuld daran? Stand denn, als ich nachhause kam, nicht die Andere im Spiegel, die Fremde, die Gehasste? Und war ich denn, als ich in seinen Armen lag – nein, still, nicht daran denken!

Aber es muss etwas geschehen. Denn wenn es einmal so weit geht, dass ich nicht nur denke und fühle wie die anderen, sondern auch handle – das wird entsetzlich, das wird gefährlich.

Wenn die Spiegel versagen, die Schaufenster und die Glaskugeln, die geschliffenen Tintengläser und die polierten Tische, vielleicht hilft dann das Wort, das geschriebene Wort. Wie heißt es doch: UND DAS WORT IST FLEISCH GEWORDEN .....

Jeder Bleistift, mit dem ich schreibe, soll eine Waffe sein. Eine Waffe gegen Grete, gegen Ulla, gegen Anette, und nicht zuletzt auch gegen die Fremde. Und wer hier schreibt bin ich. Jawohl ich! Ich allein!

Am besten ist wohl, wenn ich beginne mit meiner, wie man es so nennt, Lebensgeschichte. Obwohl es da eigentlich gar keine Geschichte gibt. Aber das macht nichts.

Das Wichtigste ist Onkel Max. Dass ich ein blitzblank poliertes Kinderzimmer hatte, ist nebensächlich. Alle Weihnachten gab es Puppen und zu jedem Geburtstag die gewisse Torte. Mama und Papa bekamen regelmäßig ihren Gutenachtkuss. Es wundert mich eigentlich, dass sie Vater und Mutter von mir waren. Jedenfalls habe ich sie nie so genannt. Sie waren da wie das Feuer im Ofen und die Suppe auf dem Tisch.

Mit Onkel Max war das ganz anders. Er kam plötzlich und verschwand plötzlich wieder. Man wusste nie, wie lange er bleiben würde, drei Tage, eine Woche, sechs Monate oder eine halbe Stunde. Manchmal verschwand er auf unendlich lange. Aber dann zitterte doch immer die Aufregung im ganzen Haus: kommt er, kommt er heute Abend oder morgen oder übermorgen oder überhaupt nicht mehr. Alles um ihn herum war so unsicher, so unzuverlässig, so ganz und gar nicht selbstverständlich.

Es ist natürlich ein Unsinn, wenn ich behaupte, dass ich es weiß, aber ich weiß ganz genau, dass er sich einmal, als ich noch ein winziges starrendes Baby war, über mein Bettchen geneigt haben muss. Spät in der Nacht. Und dann sagte er etwas, es muss nichts Besonderes gewesen sein, aber sicher etwas, was niemand erwarten konnte. Wahrscheinlich fand er mich auch sehr hässlich.

Er war ein Sammler von wunderbaren alten Holländern, sollte übrigens selbst einmal gemalt haben. Davon sprach er nicht gerne und das war übrigens noch ehe ich zur Welt kam.

Bea aber muss damals schon ein ziemlich großes Kind gewesen sein. Und er malte sie auch mit einer rosa Gasrüsche um den Hals. Ich habe das Bild allerdings nie zu sehen bekommen.

Bea war sehr schön und sie war eigentlich, wie man das so nennt, die Tochter des Hauses. Ihr Zimmer lag neben dem meinen. Sie besaß eine Schmuckkassette, einen winzigen Schreibtisch mit verbogenen Beinen, und in ihrem Schrank zwischen den Spitzenhöschen steckten immer Briefe und Photographien. Das wusste ich, obwohl ich nie hineingesehen hatte. Sie trug den Schlüssel ständig bei sich. Ich wusste auch, dass ein Mann in Uniform dazu gehörte, ein Mann mit breiten Backenknochen und vorspringender Unterlippe. Ich weiß genau, wie er ausgesehen hat. So einer, der seine Kinder prügelt, wenn der Vorgesetzte ihn ärgert. Aber ich habe das Bild nie gesehen. Wirklich nicht. Kann sein, dass eines der Mädchen mir davon erzählte. Übrigens hatte er rechts drei goldene Zähne.

Was die Mädchen betrifft, so verhielt es sich mit ihnen ein bisschen wie mit Onkel Max, wenn sie auch nicht so schön und so groß und so furchtbar waren. Aber sie hatten in meinem Leben nie die selbstverständliche Sicherheit wie Papa und Mama und die große Stehuhr im Speisezimmer, wie die Fensterkreuze und wie Bea. Man konnte nie wissen, ob es nicht eines Tages heißen würde: – Die Person muss fort! Und dann packte eben so ein Mädchen seine Sachen zusammen und war kurz darauf fort, wirklich fort, für immer. Manchesmal vergaß ich sogar die Namen.

Ich aber blieb. Hatte mein Gitterbett, meine Zahnbürste, meinen kleinen Tisch. Ich weiß nicht, weshalb, aber wenn ich so zurückdenke, ist mir, als hätte ich mit offenen Augen die ganzen ersten Jahre meines Lebens verschlafen. Wäre nur manchesmal aufgewacht, mit jenem Ruck, der plötzlich die Erde unter den Füßen verschwinden, den schwerelosen Leib in nichts zerschweben lässt. Und mir war, als hätte man mich vergessen, in einem zufälligen Haus, einer zufälligen Straße, bei zufälligen Eltern. Oft weinte ich über einem Butterbrot.

Dann kam der erste Schultag.

Von der Schule wusste ich im Voraus nur, dass man täglich zeitig aufstehen muss und dann mit Kindern zusammen ist. Kinder kannte ich bisher so gut wie gar keine. Man hatte mich wirklich immer ein bisschen vergessen gehabt. Mama musste ja fortwährend an Bea denken und Papa an Poker und seine Bank. Ich sollte also in der Schule das erste Mal mit Kindern zusammen sein. Das war aufregend. Gefährlich. Voll Abenteuer.

Ich weiß noch, dass wir am Abend vor dem ersten Schultag kalten Hasenbraten zum Abendessen hatten, und irgend eine dunkelrote Sauce war auch dabei. Und fünf Minuten vor neun, also fünf Minuten, ehe ich schlafen geschickt wurde, kam plötzlich Onkel Max. Er setzte sich auf den Stuhl neben Bea, der immer für ihn bereit stand, und sah mich mit seinen langen schiefen Augen traurig an, als er hörte, ich sollte von nun an zur Schule.
– Na, sagte er, ärgere dich nur nicht zu viel.

Da bekam ich Angst.

Am nächsten Morgen aber schien die Sonne grell und kalt und die Weiber auf dem Markt verkauften Astern. Papa brachte mich selbst zur Schule, weil das auf dem Weg zur Bank lag. Meine neue Schultasche roch nach hartem Leder und ein langes Fräulein mit blutlosen Lippen nahm mich in Empfang.

Die Kinder – ich sah sie nicht. Ich wusste nur, dass vor mir eine Tafel stand, drohend und schwarz, und dass man Namen aufschrieb. Aber das wusste ich bloß wie von ferne, denn neben mir in der blankpolierten Bank saß – ja, da saß Grete.

Grete war so rosa, so hell, so blondgelockt, wie es sonst nur Puppen oder Engelchen auf Ansichtskarten sind. Sie lächelte mit breiten weißen Zähnen. Sie lächelte eigentlich immer, wenn sie einen ansah. Aber sie sah mich nicht oft an.

Sie saß in einer Wolke von warmem Dunst, einem Dunst aus Milch und Mandelseife. In diese Wolke steckte ich meine braunen mageren Finger hinein. Sie selbst zu berühren wagte ich nicht.

Neben ihr das Fenster schnitt ein Stück kalten grellen blauen Himmels aus. Ich wusste auf einmal, dass wir in unserer Wohnung zuhause zu viele und zu dunkle Vorhänge hatten. Und als die Lehrerin mich beim Namen rief, hörte ich es nicht. Sie wiederholte meinen Namen. War das wirklich mein Name? Grete, Grete, Grete ......

Da lachten alle Kinder und Grete puffte mich mit ihrer kleinen gestreichelt glatten Faust. Der Stoß durchzuckte mich wie ein elektrischer Schlag.

Es kam öfters vor, dass ich meinen Namen vergaß. Und später, viel später, als wir schon groß genug waren, um selber Zahlen an die Tafel zu schreiben, stand ich einmal auf, als Grete gerufen wurde und löste an ihrer Stelle eine Rechnung vor der ganzen Klasse. Die Kinder kicherten, die Lehrerin sah mich erstaunt an, ich jedoch sprach ganz laut und klar, mit einer sanften etwas heiseren Stimme, und dachte dabei an eine Mutter in weißem Kleid und mit strahlenden Augen. Aber sonderbar, ich sah von dieser Mutter nur Kopf und Brust, einen gütigen breiten Busen, an den Füßen fehlte etwas, die Beine waren nicht da –

Hier unterbrach mich die Lehrerin und schickte mich in meine Bank zurück. Grete sah mich böse an, lächelte nicht. Sie hatte lange braune Augen mit rötlichem Licht um die Pupillen herum.

Erst später einmal lernte ich Gretes Mutter wirklich kennen. Sie war an beiden Beinen gelähmt, lächelnd saß sie in ihrem Lehnstuhl, dirigierte das ganze Haus und wenn sie Grete sagte, sang ihre Stimme. Und sie nähte Gretes Hemden selbst, stickte jeden Hohlsaum leise summend und mit unendlicher Mühe, während Grete mit ihrem Vater Reisen machte und ins Theater ging. Er war ein berühmter Professor. Astronom. Helles Licht flutete hinter schützendem Milchglas, durchwärmte das Esszimmer. Die Stores vor den Fenstern sahen immer aus wie frisch geplättet.

Ich aber, ich liebte Grete, ohne je etwas anderes für sie tun zu können, als ihr zarte rötliche Radiergummi (Radifix hießen sie) in die Schultasche zu schmuggeln. Sie hatte die Gewohnheit, mit ihren breiten durchscheinenden Zähnen daran zu kauen.

In mein Leben war also, seit ich in die Schule ging, etwas Wichtiges getreten. Etwas, das beinahe so wichtig war wie Onkel Max und beinahe eben so unwahrscheinlich. Nur dass es da war, immer, jeden Morgen ab acht Uhr, falls Grete nicht Schnupfen hatte oder Halsentzündung. Die ersten Jahre, die ich mit Grete zur Schule ging, war Onkel Max übrigens kaum bei uns zu sehen. Er war zwischendurch auch viele Monate in Ägypten. Einmal schickte er mir eine Karte mit einer komischen Sphinx darauf. Ich trug diese Karte so lange mit einem Wäscheband auf das Herz oder vielmehr auf den Magen gebunden, bis sie ganz zerknittert und unleserlich geworden war.

Einmal durfte ich kurz vor den Sommerferien – es waren jene Ferien, zu deren Beginn sich die Geschichte mit der Horky abspielte – eine große Kindergesellschaft zu Ehren meines Geburtstages geben. Ich lud der Einfachheit halber zwei ganze Bänke ein, Grete war nämlich dabei und auch Ulla und Anette, von denen ich später viel zu erzählen haben werde. Ich war riesig aufgeregt, denn Grete hatte schon mehrmals abgesagt, wenn sie zu mir kommen sollte, und ich konnte mir ihre lichte und selbstverständliche Schönheit in unseren dunklen samtenen Zimmern eigentlich gar nicht vorstellen.

Es war ein lauer Juninachmittag. Die drückende Hitze einer ganzen Woche hatte sich nach kurzem Morgengewitter in sanftem Regen gelöst, im Park tropften die Akazien und auf meinem Geburtstagstisch stand ein riesiger Strauß Schneeballen. Schneeballen sind dumme Blumen, wenn man sie anrührt, fallen sie ab. Aber Akazien bekommt man nicht zu kaufen.

Grete kam erst furchtbar spät. Sie war die Letzte, oder

beinahe die Letzte. Sie trug ein weißes flaumiges Kleid und weiße Schuhe trotz des Regens. Ihre Haut war zarter als die Blätter der Akazienblüten und an ihrer Schläfe zuckte eine feine blaue Ader. Die Tafel Schokolade, die sie mir brachte, steckte in blauem Glanzpapier.

Ich war so erschöpft vom langen Warten, dass ich mit kaltem Schweiß bedeckt in einem Lehnstuhl versank, während sie sich mit den andern vergnügte. Sie spielten ein großes Kreisspiel. Da klingelte es noch einmal.

Wer konnte das sein? Noch ein Kind? Ich wandte kaum den Kopf zur Tür und herein kam – Onkel Max.

Er trat auf Grete zu – wahrscheinlich begrüßte er erst auch die andern – aber er trat auf Grete zu und strich ihr über das helle Haar, das in zart goldenem Streifen tief in den Nacken verlief. Er sagte zu jemandem – Was ist das für ein wunderschönes Mädchen, und beim nächsten Kreisspiel nahm er sie an der Hand und spielte mit.

Ich saß immer noch in meinem Lehnstuhl, vor mir hing ein Spiegel, ich sah hinein, etwas tat mir weh, zerreißend weh, da sah ich im Spiegel Grete vorüberschweben, an seiner Hand, ganz leicht und hell vorüberschweben, hoch hinaus über das dunkle Fensterkreuz, während Onkel Maxens Hand doch etwas behaart war, nach Fell roch, braunen Pferden und brühendem Stall. Ich hasste Onkel Max, wollte schon aufstehen, Grete von ihm reißen, etwas tun, etwas Furchtbares, Aufsehenerregendes tun – da hatte der Kreis sich aufgelöst, die Kinder wünschten Blindekuh zu spielen, man suchte nach mir und verband mir die Augen.

Ich glaube, in keinem Sommer hat es so viel geregnet, wie in jenem Sommer nach dem aufregenden Geburtstag und der Abschiedszene mit der Horky. Wir waren in einem großen Berghotel und ich spielte mit russischen und französischen Kindern im Lesezimmer und in der Hall. Wir rannten fortwährend den Erwachsenen zwischen die Beine, verschleppten die illustrierten Zeitungen und hatten Zank mit Kellnern und Liftboys. Eines Morgens wachte ich spät auf, wandte mich um, und Beas Bett war voll Blut.

Ich wagte kaum zu atmen. Vor dem Fenster hingen die Wolken wie schmutzige Leinenfetzen. Nun, ich hatte ja schon in der Schule davon gehört. Aber trotzdem – es war entsetzlich.

Da kam Bea herein. Sie drehte die Stehlampe auf dem Nachtkästchen auf, dass das Licht mir schneidend in die Augen fiel, sagte: – Möchtest du nicht gefälligst aufstehen, und warf eine Ansichtskarte auf mein Bett. Eine Karte mit heißem trunkenen Himmel, blendenden Palästen und einem Schiff. Grete schrieb: – Wie geht es dir? Mir geht es gut.

Nachher streute ich mir ein wenig von Beas gelbem Sonnenbrandpuder, das noch unbenützt im Koffer lag, über die Hand. Es war Sand, gelber, hitzeduftender Sand.

Eine warme ferne Freude überrieselte mich.

Der erste Schultag in dem darauffolgenden Herbst aber brachte eine große Enttäuschung. Und mit dieser Enttäuschung ereignete »das« sich zum zweiten Mal, um dann wieder zu geschehen, immer wieder – gestern erst – aber nein, davon später. Ich schreibe ja dieses Buch, ich oder die Fremde, die im Spiegel steht und immer so erstaunt tut, jawohl tut, denn eigentlich weiß sie alles sehr genau, weiß, dass ich gestern erst unter der süßlich blauen geblümten Lampe ihm jenes breite Lächeln entgegen – ach Gott, wo bin ich schon wieder. Ich muss mich, wie heißt es doch, disziplinieren. Übrigens ein grässliches Wort. Ich habe mich wohl nie genug zu disziplinieren verstanden.

Ich wollte also von jenem Schultag sprechen, an dem Grete zum ersten Mal in all den Jahren nicht neben mir saß. Wir waren ja die ganze Zeit hindurch nie so sonderlich befreundet gewesen, aber neben mir gesessen hatte sie immer, so wie sie immer aus meinen Heften abschrieb, mir von ihrem Vater erzählte und mich anlächelte mit breiten Zähnen. Ich weiß nicht, ich weiß bis heute nicht, ob sie mich je lieb gehabt hat. Aber ich sah und hörte sie und das schien ihr genug. Außerdem hatten wir den gleichen Schulweg.

Heute aber, am ersten Schultag, es war kalt und winterneblig und die neuen Bleistifte rochen nach hartem Holz, heute saß sie plötzlich vor mir, gerade, dass ich das zartgoldene Flaumenhaar ihres Nackens vor Augen hatte, und neben ihr hockte frech und zottelig Anette, Anette mit den ewig nassen Lippen und den chinesischen Augen. Und Anette saß nicht nur neben ihr, sondern stieß sie auch ununterbrochen mit dem Ellbogen an und kicherte. Nur mit Mühe verbiss ich mir das Weinen. Onkel Max war gestern Abend auch nicht gekommen, obwohl er sich telefonisch angesagt hatte. Und neben mir saß Ulla, die Klügste und Hässlichste der ganzen Klasse, die beste Turnerin.

Warum hatte Grete mir das angetan? Wusste sie überhaupt, was sie tat? Ich hob den Kopf, eine große weiche Hand – war das die Hand von Onkel Max? – fuhr sanft, beinahe zärtlich unter meinen Sitz, hob mich ein wenig und schob mich um eine Reihe weiter nach vorne. Ich hielt den Kopf schief zur Seite geneigt und lächelte, ja ich lächelte mit breiten Zähnen. In meinen Augen funkelte rotes Licht, die Brauen verlängerten sich, ich dachte an einen Abend, blendend hell, mit tausendfältigen Kronleuchtern, Orchesterstimmen und warmem Parfüm. Ich fühlte, dass hinter mir etwas Dumpfes saß, etwas Wehes, Blutaufgerissenes, aber ich hüllte mich in den lauen Dampf eines Badezimmers mit Milchglaslampe und ich hörte wie Anette flüsterte: – Ich möchte auch so gern mal in die Oper.

Da knatterte eine Gewehrsalve, eine Kugel schoss mir in die Rippen – die Kinder lachten und Ulla hatte mir einen Stoß versetzt. Natürlich hatte ich wieder nicht gehört, dass man mich aufrief. Ich fuhr in die Höhe und in dem Glaskasten mit den naturhistorischen Präparaten links an der Wand stand bleich und mit entsetzten Augen die Fremde.

– Setzen, sagte der Lehrer.

In diesem Winter sprach ich mehr mit meinen Kameradinnen als je vorher. Nur an Grete ging ich stumm vorüber. Und sie wandte den Kopf ab, als hätte sie ein schlechtes Gewissen. Stunde für Stunde aber flimmerte vor mir der goldene Flaum des Nackens, leuchtend über dem selbstverständlich sitzenden Kleid aus bestem englischen Stoff.

Anette war das schwatzhafteste Ding der ganzen Klasse. Immer hatte sie Grete etwas zuzuflüstern, und ich sah Gretes gemeißelt zartes Profil sich ihr zuneigen, erstaunt, entsetzt und – oh ja, es war derselbe Ausdruck, mit dem sie in dem lilienweißen Brautkleid an seinem Arm in die Kirche schritt, mit dem ich gestern unter der süßlich blauen geblümten Lampe lächeln musste, als ich auf Gretes Sofa saß und er die Tür aufriss, jener Ausdruck, der ein Gesicht verzehrend weiß machen kann, wie ein mit unsichtbarer Schrift durchsetztes nacktes Papier, jener Ausdruck, der von nichts weiß und alles verrät – ach, warum sage ich es denn nicht gleich: lüstern lächelte sie, wenn Anette ihr ihre Geschichten erzählte. Lüstern, obwohl sie als Kostbarkeit in der Schulbank saß, von ihrer Mutter geliebt wurde wie das Leben selbst und unter reinlichen Milchglaslampen aufwuchs.

Bei Anette gab es hingegen nur bauchige rosa Lampenschirme, Maiskolben und Engelsbilder an der Wand, Seidentapeten und blutige Wäsche in der Blechbadewanne. Anettes Mutter hatte im Haus unten einen Frisiersalon, wo wasserstoffsuperoxydblonde Mädchen schwammigen Herren die Finger manikürten. Anette hatte nicht Geld genug für Butterbrote – Grete aß in der Pause immer weißes Kalbfleisch in ganz dünnen Scheiben auf ganz dünnen Brötchen – Anette besaß ein goldenes Puderdöschen, das zuunterst in der Schultasche steckte. Ihre Röcke waren etwas zu kurz, ihre Beine wie neugierige Stäbe, und wenn sie mit ihren chinesischen Augen lachte, sah man alle Zähne in dem riesigen Mund. Ihre Mutter gab viel auf gute Erziehung und alle Nachmittage ging Anette mit einer dürren Engländerin spazieren.

Ich weiß nicht, wie es kam, denn eigentlich gefiel Anette mir überhaupt nicht, aber eines Tages sagte ich ihr geschickt eine lateinische Verbalform ein und mittags ging ich dann in sie eingehängt nachhause. Neben uns ging Grete in einer weißen Pelzmütze, unberührbar und gleichgültig. Und da musste ich Anette mit einem Mal ein »Geheimnis« sagen. Ein Geheimnis! Wo nimmt man es her, wenn es Mittag ist, die Straßenbahnen klirren und die Luft ist grau von Staub. Aber ein Geheimnis musste ich sagen. Ich klammerte mich krampfhaft an Anette an, steckte meine Nase in ihren violetten Samtmantel, der nach Haarwasser und Puder roch, und flüsterte plötzlich: – Du, ich habe es auch schon gemacht.

Anette zwinkerte mich an mit ihren verschmitzten

Chinesenaugen, ihr Mund war ein einziges rotes klaffendes Loch. Was sie sich unter meinen Worten vorstellte, weiß ich bis heute nicht, möglich, dass sie sich so wenig dabei dachte wie ich selbst. Jedenfalls presste sie heftig meinen Arm an sich und ich setzte halblaut und heiser noch rasch hinzu: – Du sagst es aber keiner Menschenseele, auch – und mit einer Kopfbewegung gegen Grete – ihr nicht.

Beim Mittagessen sagte Mama: – Was machst du heute für verzwickte Augen? Und Bea rief mir zu: – Reiß den Mund nicht so weit auf! Ich wurde rot. Das war das Geheimnis. Ich wusste ja nicht, worin es bestand, aber Anette wusste es. Und Anette warf den Kopf auf der Straße schief zurück, wenn sie mit ihrer Engländerin spazieren ging, dass Herren und Laufjungen ihr nachblickten. Und als ich mit meiner Bonne nachmittags spazieren ging, warf auch ich den Kopf schief zurück, neugierig und gleichgültig auf einmal, spürte ein paar plötzlich lebendige runde kleine Brüste und sah einen Mann an – ich weiß nicht, wie er aussah, vielleicht hatte er ein rotes Gesicht, aber es war ein Mann, der erste Mann in meinem Leben, obwohl ich doch Onkel Max so glühend liebte.

Und in der Nacht darauf wurde das wohlbehütete Leinen meines Elternhauses grau und struppig unter mir, die Kinderdecke zu heiß, das Zimmer voll erstickendem Atem. Und meine Finger wurden zu Polypen, roten gemeinen Polypen, mir fremd und schlüpfrig, neugierige Finger – Anettes Finger.

Am nächsten Tag aber nahm Grete in der Pause mich unter dem Arm, und in einer geöffneten Fensterscheibe, hinter der drohend und dunkel die Schultafel stand, beobachtete mich verzweifelt und furchtbar fremd, fremder denn je, die Fremde.

Ulla hatte eine sonderbare Schrift. Nicht zu rund, nicht zu eckig, nicht zu dünn und nicht zu dick, klar und selbstbewusst, gestreckt und in sich gehalten. Die großen Lettern schrieb sie in Blockschrift. Solange ich neben Grete gesessen hatte, zeigten auch meine Schreibhefte kindisch spitze, unregelmäßige Buchstaben. Bei Grete saßen die I-Punkte nie auf den Is und zwei-, dreimal in der Woche machte sie den Versuch, steil nach hinten gelegt zu schreiben, so wie Damen mit parfümiertem Briefpapier.

Eines Tages gab der Lehrer Ulla mit allen Zeichen der Missbilligung das Heft mit den deutschen Aufsätzen zurück. – Sowas hätte ich nicht von Ihnen erwartet!

Ulla warf einen Blick hinein. Ihr schmaler Mund mit den ineinander stolpernden schneeigen Zähnen zuckte kaum merklich. Als aber auch ich mein Heft zurück erhielt, nahm sie es schweigend an sich und schob mir dafür das andere zu.

Der Lehrer hatte die Hefte vertauscht, weil ich in Ullas Schrift geschrieben hatte. Ich schämte mich entsetzlich. Wie ein Dieb. Aber Ulla sprach kein Wort darüber. So war Ulla.

Eigentlich war sie mein erster rein konventioneller Verkehr. Wir sprachen nie von etwas anderm als von Schulbüchern, Federstielen und Stundenplänen. Sie hatte ein außerordentlich weißes Handgelenk, durchsichtig wie Porzellan, aber grobe, rotgescheuerte Hände. Es hieß, dass sie Vater und Brüdern die Wirtschaft führte. Bei ihr zuhause war noch keine von uns je gewesen.

Eines Tages war Grete nicht da. Anette wandte sich flüsternd um und flüsterte mitten in der Zeichenstunde mir und Ulla zu: – Ihre Mutter ist sehr krank.

– Meine Mutter ist schon lange tot, sagte Ulla darauf beinahe laut mit gehässigen Augen. Diese Augen ließen mich immer an Wasser denken, an blaues, eisiges Wasser. Und ich war empört, dass Ulla das so gerade hinaus, so schamlos sagte. Denn Gretes Mutter – Gretes Mutter – eine Wolke von rosa Dunst, flimmernden Spitzen und süßer Sicherheit unter Milchglaslicht. Unter Milchglaslicht musste Grete sein. Und die Milch aus den breiten guten Brüsten ihrer Mutter war süß gewesen – blütensüß.

Die Beine unter der Bank wurden mir starr und kalt. Ich spürte die Schuhe nicht mehr. Alle Kraft und Lebendigkeit meiner Schenkel strömte zusammen auf Gretes leerem Platz, ich sah vor mir den goldenen Flaum des Nackens, der Schultern zarte Linie –

Ich musste an Onkel Max denken, der Gretes Finger in seiner haarigen Hand gehalten hatte, unendliche Angst um Grete ergriff mich, kalte, sinnlose Angst, ich starrte hinein in die schwarze Tafel, die glatt und undurchdringlich war wie ein Sargdeckel ....

Grelles Klingelzeichen. Pause. Zehn Uhr.

Um zehn Uhr morgens war Gretes Mutter gestorben.

Die ganze Klasse kam zum Begräbnis. Mir war furchtbar übel, denn ich hatte zwei Tage lang kaum etwas zu mir genommen. Wenn jemand tot ist, kann man doch nicht essen.

Es war ein sonderbarer zerrissener Schmerz, der mich verfolgte. Ein Schmerz, dessen ich mich schämte. Was ging Gretes Mutter mich eigentlich an? Hatte ich sie doch kaum gekannt. Wenn nur Bea nicht merkte, wie mir zumut war.

Denn mir war, als hätte man mir ein Glied abgeschlagen, etwas furchtbar Lebendiges. Ich sah Grete vor mir, ohne Arm oder ohne Hintergrund, nach rückwärts versinkend in schwindelnde Leere, ich sah Grete verloren auf dunstigen Straßen und ich sah sie krank und fieberdurstend in einem fremden Bett.

Und dann sah ich sie wirklich, sah, wie sie schwarzverschleiert am Arm ihres großen schönen Vaters über die Friedhofsschwelle schritt, dem Sarge nach. Es war ein betäubend heller Märztag, die Vögel schrien wie besessen in der Linde neben der Kapelle, auf den Gräbern standen Tulpen und Hyazinthen, jemand weinte, Anette kicherte aufgeregt und Ulla biß sich in die schmalen Lippen. Ich starrte den Sarg an, der hoch über uns unter einem schwarzen Tuch getragen wurde –

Und auf einmal war ich ganz allein unter all den andern, den lebendigen, flüsternd bewegten und unter den windgeküssten Tulpen und Hyazinthen, ach Gott, ich wusste ja nicht einmal, welche Haarfarbe die Verstorbene gehabt hatte, welche Nase, welche Ohren, aber ich war doch allein, stumpf und abgesondert wie das tote Holz des Sarges, vereinsamt, verlassen, verraten.

Denn Grete, die eben eine Scholle in das offene Grab warf, war schlank und schön, blühend wie eine übermütige Friedhofsblume in all ihrer Trauer. Sie weinte sanfte Tränen, aber keinen Augenblick vergaß sie dabei, dass sie Grete war, dass alle auf sie blickten, dass das tiefe Schwarz wunderbar zu ihrer hellen Hautfarbe passte. Sie war unglücklich, o ja, gewiss, aber eine Woche später würde sie lachen, ein Jahr später tanzen – und da stand sie nun, sie, nur sie allein, Grete, während ein Stück ihres Lebens in der Erde versank. Und sie war mir fremd, fremder als sonst die Fremde im Spiegel. Beinahe hasste ich sie.

In der Straßenbahn merkte ich, dass Ullas gefrorene blaue Augen voll Wasser standen. Ich rückte ganz nahe an sie heran, möglichst weit weg von Anette, die mit schiefem Kopf und zwinkernden Augen um sich sah. – Kommt eine von euch mit zu Grete? fragte sie. – Nein, sagte ich, und dann wandte ich mich an Ulla: – Möchtest du mir nicht bei der mathematischen Aufgabe helfen? – Da musst du zu mir kommen, ich habe furchtbar viel zu tun.

Das war mir eben recht. Nur nicht nach Hause, wo die grelle Nachmittagssonne jetzt auf die große Stehuhr fiel, wo Bea fragte: – Wie wars? und die Mädchen faul und ausgangsüchtig mit Stopfarbeit in der Küche herumsaßen. So kam ich also zum ersten Mal zu Ulla.

Ulla wohnte in einem niedrigen Haus. Ein schwarzer Hof mit kahlen Bäumen lag vor dem Eingang. Ihr Vater war Arzt. Schon im Stiegenhaus roch es nach Äther und dergleichen. Es mochte auch Jod dabei sein. Aber das Vorzimmer mit den verschossenen roten Plüschmöbeln und den uralten Fliegenden Blättern auf dem Tisch – es diente auch als Wartezimmer – war so arm, so furchtbar arm, dass ich zusammenzuckte, als hätte man mich eben mit einer nicht ausgekochten Injektionsnadel gestochen.

Ulla warf die Lippen auf. Am liebsten hätte sie mich fortgeschickt. Das wusste ich, obwohl ich ihr in das Wohnzimmer folgte, in dessen einer Fensterecke ein Operationsstuhl stand. Ich wusste es, aber ich blieb.

Das war niederträchtig, war gemein. Ich bin überhaupt sicher oder höchstwahrscheinlich eine schlechte Person. Neugierig bis zum Wahnwitz. Ein Vampyr. So wie ich jetzt wissen muss, wie – ja, wie er küsst, wie ich alles auskosten muss, was die andern kennen, so musste ich damals wissen, wo Ulla des Nachts schlief. Ein Blick auf das schwarze Ledersofa genügte.

Ich bin mir gleich geblieben. Es war schon immer dasselbe. Mit der Horky hat es angefangen. Dann kamen die andern. Auch Ulla. Bin ich doch vor einer Woche genau wie sie mit ihm vor dem Haus auf- und abgegangen, während Grete oben in ihrem samtblauen Schlafrock von einem Zimmer ins andere rannte, die Vorhänge zupfte und das Teewasser verkochen ließ. Aber sie wusste zu lächeln, als er die Treppe hinauf kam, zu lächeln mit breiten durchscheinenden Zähnen, so wie ich zu lächeln wusste, als er mich heute morgen telephonisch anrief, wie ich in die Telephonmuschel hinein zu lächeln wusste, breit und hell, voll süßen Vertrauens – Gretes Lächeln.

Verdammt nochmal – dieses Lächeln tat seine Wirkung. Gretes Wirkung.

Ich bin ein Ungeheuer. Grete hält mich sogar für eine Dämonin. Sie meint, ich werfe Schlingen aus nach ihrem –

Und Anette hält mich für eine kalte Kokotte, Ulla aber für eine liebende Gans.

Da soll der Teufel sich auskennen.

Der Teufel – ja vielleicht der Teufel.

Ich muss aber zurück, zurück, zurück! Sonst gibt es ein Durcheinander, eben das Durcheinander, zu dem es nicht kommen darf, das Tohuwabohu, in dem alles erstickt, Chaos und Vernichtung.

Ich stand also in dem Wohnzimmer oder Ordinationszimmer, wie man es nennen will, und in dem hohen Instrumentenkasten an der Wand stand zwischen Glasschalen und Pincetten die Fremde. Sie war sehr dunkel. Vielleicht war auch das Zimmer sehr dunkel. Es lag im Schatten.

Mit einem Ruck wandte ich mich Ulla zu. Sie schien so groß unter der niederen Decke, wie absichtlich gestreckt. Sprungbereit, als wollte sie jeden Augenblick zum Fenster hinausspringen in die Welt. Die ganze Enge dieser bitterarmen Umgebung hatte eine solche Sehnsucht in ihr erzeugt, dass die Muskeln unter der porzellanhellen Haut unausgesetzt in fliehender Spannkraft gehalten wurden. Das schwarze Haar trug sie noch kürzer als ein Junge.

Eine Minute später trat ein Junge ins Zimmer. Er war ebenso groß wie sie, hatte dieselbe jüdische Hakennase, aber eine von Pusteln verunreinigte Haut. Es war Ullas jüngerer Bruder.

Sie hatte noch zwei andere Brüder, aber die bekam ich nicht zu sehen. Diese Brüder waren einander sicher alle sehr ähnlich.

Ullas Bruder also verbeugte sich furchtbar linkisch und fragte nach ein paar höchst überflüssigen Redewendungen sofort nach Anette.

– Sie kennen sich aus der Tanzstunde, sagte Ulla und zog die Lade des schwarzen Ledersofas heraus, um ihre Bücher hervorzukramen.

– Famoses Mädchen, sagte Ullas Bruder und schnalzte dabei mit den Lippen. Das galt wohl Anette. Ich fand auch das ungeheuer überflüssig, legte aber den Kopf zur Seite und zwinkerte mit den Lidern. In dieser Sekunde drehte Ulla, um besser sehen zu können, die schirmlose Riesenbirne über dem Operationsstuhl an. Das Licht schnitt mir in die Augen, tat mir plötzlich und entsetzlich weh.

Ulla betrachtete mich mit ihren Eiswasserblicken: – Mach rasch! Ich habe nicht viel Zeit. Da wusste ich, dass sie den Männern, mit denen sie lebte, diesen fremden Männern das Abendbrot bereiten musste. Sicherlich etwas recht Pappiges, Ausgiebiges. Sie war ja so arm.

Ich glaube, der Frühling, der nun folgte, muss furchtbar heiß gewesen sein. Grell wie August und besonders laut. Die Fenster der Klasse standen immer offen, Straßenlärm kollerte in die lateinischen Vokabeln, die mathematischen Lehrsätze. Die Mädchen trugen alle hautdünne Blusen, etwas verschwitzt unter den Achseln. Sie bekamen plötzlich zu starke Brüste und kräftige Hüften, turnten und tanzten in den Pausen und rochen nach stickigem Dampf.

Bei mir war es wohl auch nicht anders, obwohl ich nicht wusste, wie ich aussah, denn ich mied in jener Zeit ängstlich jeden Spiegel, jedes Schaufenster, jede Scheibe mit dunklem Hintergrund. Grete hatte sonderbare amerikanische Schuhe mit Lederriemchen und besuchte – sie war evangelisch – einen eigenen Religionsunterricht. Ulla schrieb Gedichte auf ihre Löschblätter, Sonette und Terzinen, strenge Form und harte Reime, dazwischen aber hockte sie stundenlang in Parks, betete zu roten Kastanienkerzen, strömendem Goldregen, und zerbiss die jodoformduftenden Kissen ihres harten Lagers auf dem Ledersofa. Sie litt an ihrer Jugend wie an einem wütenden Fieber, während Anette mit pickelnarbigen Jungens abends in dunkeln Haustoren zusammentraf.

Dabei liebte ich Onkel Max, der beinahe jeden Abend zu uns kam. Bea hatte sich verlobt. Mit einem Herrn von. Goldene Brillen hatte der, war reich und besaß eine Fabrik.

Mitten hinein in alle die Hitze und Unruhe kam Doktor Alexander. Unser alter Geschichtslehrer, der immer auf die erste Bank spuckte, wenn er Jahreszahlen aussprach, war gestorben. Und Doktor Alexander kam an seine Stelle.

In der ersten Stunde kicherten alle. Er war blond, eigentlich zu blond, und sah aus, als käme er eben von einer Gletschertour. So braun war er. Mit gelbgerauchten unregelmäßigen Zähnen.

Er war mir so gleichgültig wie der Schuldiener und die Kohlenkisten am Gang draußen. Nur dass Gretes Nacken mit dem schimmernden Flaum mir ganz sonderbar weiß erschien, wie gemeißelter Marmor mit der schwarzen Tafel als Hintergrund. Und sie war die Erste, an die er eine Frage richtete, und er lächelte, als sie mit ihrer heiseren Stimme eine verkehrte Antwort gab. Worauf sie sich setzte wie eine Dame.

Ulla sagte ein paar Tage später hart und rücksichtslos vor mir zu Anette: – Mein Bruder hat gestern abends geweint. Warum hast du ihn aufsitzen lassen? Anette zuckte die Achseln, zwinkerte mit frechen Chinesenaugen. – Du, sagte Ulla drohend, ich sage dir, er ist mein Bruder.

In diesem Augenblick trat Doktor Alexander in die Klasse (wenn ich jetzt zurück denke, so ist mir, als hätten wir damals nur Geschichtstunden gehabt) und Anette schlüpfte auf ihren Platz. Sie hatte eine neue grellgrüne Krawatte.

Ulla ballte die Fäuste. Meine Nägel wurden weiß.

Bea sollte bald heiraten. Den ganzen Tag hatten sie und Mama mit der Ausstattung zu tun. Der Herr von streichelte mir die Wangen und sagte, ich sei ein Käfer. In der Nacht hörte ich einmal ein sonderbares Geräusch in Beas Zimmer. Ich stand auf und lauschte an der Türspalte. Mir war dabei, als durchstöberte ich ihren Wäschekasten mit den Briefen und Photographien.

Ja wirklich, sie schluchzte. Schluchzte! Bea, die Braut. Braut – was für ein grässliches Wort. Mir fiel ein, dass die goldenen Brillen des Herrn von immer bespritzt schienen wie mit feinster Zahnpasta. Ich musste an seine graugestreiften Hosen denken, sah plötzlich ein Closett vor mir in einem fremden Hotel. Voll Entsetzen schlich ich in mein Bett. Das Nachthemd klebte an mir, nass von kaltem Schweiß.

Was hatte nur Doktor Alexander mit alledem zu tun? Er konnte Bea ja nicht helfen. Grete fehlte in letzter Zeit häufig und dann rief er sie auf und war bestürzt, dass sie nicht da war. Obwohl er schon in der Tür nach ihrem leeren Platz hingesehen hatte.

Sie aber lag in ihrem Bett, die Sonne strömte durch das riesige Fenster, eine blassblaue Daunendecke wärmte den kühlen müden Leib, auf dem Nachttischchen tickte eine winzige Weckuhr mit silbernen Zeigern und Punkt elf sah Grete mit sicher lächelnden breiten Zähnen von dem schön gebundenen Buch auf, das sie in Händen hielt. Jetzt trat er in die Klasse, merkte dass sie nicht da war, rief sie auf........

Während ich Ullas kurze Atemstöße neben mir spürte, während ich sah, dass Anette sich rasch noch die neugierige kleine Nase puderte. Und Doktor Alexander, der eben erst vergeblich Grete aufgerufen hatte, rief Ulla auf, Ulla, die immer alles wusste, er lehnte sich lächelnd gegen das offene Fenster und mir war, als wachse Gretes zartblaue Daunendecke ins Unendliche über meinem Leib, als füllte sie mir die Ohren mit Watte, erstickte mir mit Krankenduft die Kehle, und mein Bauch quoll auf, riesengroß und bedrohlich, bewegt von Leben, das nicht mir gehörte, von fremden Gliedmaßen, Wasser und Blut –

Da rief Doktor Alexander meinen Namen. Und ich antwortete mit Gretes Stimme. Etwas gänzlich Verkehrtes.

Oh Gott nein, das, eben das hätte ich nicht schreiben sollen. Ich will doch nur erzählen, was geschehen ist. Ich muss nicht schon sagen, was sein wird, was niemals sein darf.

Denn in jenen Schulstunden, in denen Grete unter der blassblauen Daunendecke mit geröteten Mandeln still und pflichtbewusst in ihrem Bett lag, während Doktor Alexander sie vermisste, in jenen aufgeregten Stunden eines ersten Lebensfrühlings, in denen Ulla Gedichte schrieb auf Löschpapier und Anette mit ihrem goldenen Puderdöschen spielte, da war ja alles, alles schon geschehen, was, wie ich weiß, geschehen wird. Um Himmelswillen, gibt es denn keine Hilfe! Ich, ich, ich, die dieses Buch jetzt schreibt, denn das bin doch ich –

Ich darf nicht aufblicken von dem, was ich schreibe. Denn im Fenster neben mir spiegelt sich die Schreibtischlampe und bei ihr sitzt mit gesenktem Kopf – die Fremde!

Weiter, weiter schreiben! Schreiben, was gewesen ist!

Nach diesem Doktor-Alexander-Frühling war es plötzlich Sommer geworden. Ferien. Meine Eltern hatten beschlossen, mit mir und Bea an die Nordsee zu reisen. Der Herr von sollte nachkommen und im Herbst sollte dann die Hochzeit sein.

Am letzten Schultag – es war so heiß, dass Doktor Alexander in Hemdärmeln unterrichtete, und selbst der Direktor hätte da nichts einwenden können, ein graublaues Sporthemd trug Doktor Alexander – am letzten

Schultag schien Grete so blass wie die Lilien, denen die Weiber am Markt den Pollen aus dem Leib reißen, weil sie sonst alles schmutzig machen. Es bleiben aber immer ein paar gelbe Flecken. So blass war Grete. Ich beugte mich vor zu ihr, atmete einen leisen gelblichen Schweißgeruch, und einen Augenblick lang war mir, als würde ihr breiter Mund mit den durchschimmernden Zähnen sich öffnen, um mir zu sagen, dass –

Nein, Frauen wie Grete sprechen nicht, sprechen nie, auch wenn sie noch kleine Mädchen sind und gar nicht ahnen, was sie in sich tragen. Mich aber würgte ihr Schweigen in der Kehle wie ein Klumpen, jener gewisse Klumpen, von dem Ulla mir unlängst erzählte, er sei typisch für alle Hysterikerinnen –

Ulla, die an jenem letzten Schultag das Handgelenk mit gelben Kalikobinden verbunden trug, sie sagte, eine Katze hätte sie gebissen. Und Anette ging mit einem samtroten Stammbuch zu dem Katheder und ließ Doktor Alexander hineinschreiben. – Bitte auch die Adresse, sagte sie, und ich schämte mich grässlich, denn ein Stammbuch war was für ein Ladenmädchen und nicht für eine Gymnasiastin. Anette aber hatte auch manchmal deutsche Mädchenbücher unter der Bank.

– Dieser Sommer wird kein Ende nehmen, sagte Ulla, als ich ihr auf der Straße die Hand zum Abschied reichte. Die Pflastersteine verbrühten uns die Sohlen. Sie ging nachhause in die kellerkühle Wohnung mit dem Operationsstuhl. Blieb dort den ganzen grellen Sommer lang …

Oh, dieser Sommer war der schönste, der glühendste meines Lebens. Meines Lebens, jawohl, denn eigentlich hatte dieses mein Leben, wenn es bis dahin auch angenagt war von den Fabrikschicksalen der Horky und dem körperlosen Leiden von Gretes Mutter, dieses mein, mein eigenes Leben hatte in jenem einzigen herrlichen grünschäumenden salzigen Nordseesommer ein Ende. Was übrig blieb, war Grete, Ulla, Anette und vielleicht auch die Fremde in ihren ewigen Spiegeln, ich aber, ich versank einmal mit dem Glutballon von Sonne im westlichen Meer, während die Gäste auf der Hotelterrasse Hummer aßen –

Ich versank in den Nachmittag, an dem Onkel Max für immer meinen Blicken entschwand. Für immer. Ist das auszudenken. Aus-zu-denken.

Ich habe ihn bis heute nicht mehr gesehen.

Ach, es war so hell, ich glaube, es war viel zu hell. Im flimmernden Sand blendeten Milliarden Muscheln, hell war die Frische der Wellen, wenn sie einem den Rücken prügelten, hell waren die Strandkörbe, die Badewägelchen auf ihrer rollenden Flucht vor der Flut, hell die Kleider, alle die Kleider und die Musik der Kurkapelle. Kühl die Nächte.

Ich schlief mit Bea in einem Zimmer. Ihr weißer fremder Leib wälzte sich im Bett an der andern Wand. Hinter dem hohen Fensterkreuz streckte sich ein schmaler feiner Kirchturm in den Himmel. Sterneumzittert.

Und ich konnte nicht die Augen schließen. Die salzige Helligkeit des Tages tanzte um mich in dem schmalen Hotelzimmer mit den Mahagonimöbeln. Ich wusste auf einmal, dass Bea eine blendende Haut hatte und schön war, schön wie die Frauen auf alten Bildern, denen ihre Ritter Keuschheitsgürtel anschmiedeten, ehe sie hinauszogen ins Heilige Land.

Ich freute mich, dass sie meine Schwester war.

Ja richtig, in diesen ganzen Wochen dachte ich überhaupt nicht an Grete, Ulla, Anette, an die Schule oder Doktor Alexander.

Ich muss sehr glücklich gewesen sein und änderte meine Frisur. Am Nebentisch im Speisesaal saß ein englischer Knabe. Wir machten Spaziergänge die endlosen Dünen entlang, kamen in frischgewaschene und buntbemalte holländische Dörfer.

O Glanz der muschelschillernden Nachmittage!

Nein, es war unmöglich, es war ganz unmöglich, dass der Herr von kommen sollte. Er wurde schon seit einer Woche erwartet, aber natürlich kam er nicht, weil er eben in diese ganze helle Klarheit einfach nicht kommen konnte. Nicht kommen durfte. Denn nun wusste ich es: Er war stickig. Stickig in seinem Reichtum, seiner banknotenknisternden Macht, stickig in seinen graugestreiften Hosen. Ich lächelte vor mich hin, wenn Mama und Bea von seiner Ankunft sprachen. Dass sie nicht spürten, dass er hierher nicht kommen konnte! Lächerlich!

Bea sprach übrigens nie anders von ihm, als wäre er ein Stück ihrer Ausstattung.

Zwischendurch kam eine Postkarte mit einem Tintenklecks. Von Anette. – Weißt du auch, wo Er ist? In der Schweiz, im Berner Oberland.

Ich warf die Karte in den Papierkorb des Lesezimmers.

Der Herr von sollte kommen. Ganz gewiss. Heute oder morgen. Bea ließ den Friseur des Hotels zu sich bestellen und zankte mit dem Hausdiener, weil ihre Schuhe nicht gut genug geputzt waren.

Abends zeigte der Oberkellner mitten im grellen Speisesaal plötzlich auf unseren Tisch. Bea fuhr auf. Sie war rot geworden. (Ich hatte sie noch nie rot werden gesehen.) Und auf uns zu kam Onkel Max.

Er setzte sich an den Tisch, als wäre er eben erst aufgestanden gewesen, um sein Taschentuch zu holen. Ja, ja, auf der Durchreise nach England, voraussichtlich zwei oder drei Tage.

Ich kicherte in mich hinein. Selbstverständlich hatte Onkel Max kommen müssen und nicht der Herr von. Ich wollte ihm meine Muschelsammlung zeigen und –

Papa saß mir gegenüber. Er hatte dieselben hohen etwas eingedrückten Schläfen, dieselbe ein wenig zu steife Rückenhaltung wie Onkel Max, dieselben vorsichtigen Bewegungen der Ellbogen. Natürlich, sie waren ja Brüder. Ich hatte das noch nie gewusst, immer nur gehört. Aber wenn Papa nicht so grau und alt wäre, nicht so viel mit Bankgeschichten zu tun hätte und für Mama und Bea sorgen müsste –

Onkel Max, der könnte viel besser für mich sorgen, der wüsste genau, was ich brauche. Vor ihm müsste ich mich nie schämen. Er würde verstehen, dass ich eine Muschel lieben kann, eine gewöhnliche wertlose Muschel im Sand.

Ich sah auf zu ihm. Natürlich saß er neben Bea. Seine weißen Finger spielten mit weißen Brotkügelchen, und Bea sah ihn an mit hellen Blicken, als hätte sie seinetwegen heute morgen den Friseur bestellt. Ihre Haare dufteten goldig.

Sie war froh, dass er da war. Und auf einmal wusste ich nicht nur, dass Papa und Onkel Max Brüder, sondern auch, dass Bea und ich Schwestern waren. Wir waren einander verwandt, furchtbar verwandt, und so nahe gerückt, als gäbe es keine Luft zwischen unseren Gesichtern. Schüsseln klapperten, ein Pfropfen knallte, Mama saß fern und kühl zwischen uns, dachte vielleicht an den Herrn von –

Und wir waren einander gefährlich nahe …

Was sich in der Nacht darauf ereignete, war mein Tod. Mein früher Tod. Bis dahin war ich eine Schulkollegin von Grete, Ulla und Anette gewesen. Aber dann –

Eines Tages naht die Stunde und eine von ihnen

kommt und nimmt mir den Bleistift aus der Hand und schreibt weiter – während Bea glücklich ist mit ihrem Herrn von, drei Kinder hat, drei Kinder von ihrem Herrn von, und Geld hat, ganze Haufen, und Silber und Porzellan, alles gezeichnet mit von.

Meine Schwester.

Herrgott, wo bin ich? Noch halte ich den Bleistift in der Hand. Das Zimmer ist dunkel. Mahagonimöbel. Der Kirchturm reckt sich wie ein unendlicher spitzer Finger vor dem hochkreuzigen Fenster, ein gelber Mond klebt daneben, flach wie ein Karton, keine Luft ist zwischen ihnen, zwischen dem Turm und dem Mond und dem Zimmer und den Mahagonimöbeln, zwischen Beas Bett und meinem Bett.

Selbstverständlich kam Onkel Max herein. Einmal, plötzlich, mitten in der Nacht, in dieser Nacht. Selbstverständlich dachten sie, ich schlafe, oder sie dachten auch gar nicht an mich, ich war ihnen viel zu gleichgültig.

Mir aber glühten mit einem Mal alle Glieder. Meine Haut war weich geworden, alle Wärme, die das grüne Licht des Meeres in sie eingestrahlt, strömte aus in die dünne Decke des Hotelbetts. Ein Ruck – und ich lag ganz nackt, das brave Kindernachthemd war mittendurch gerissen –

An der Fensterscheibe klebte der Mond, sinnloser gelber Pappendeckel – und sinnlose heiße und heisere Stimmen. Auch meine Stimme war heiß und heiser .... liebe dich, sagte jemand. Heiß und heiser.

Keine Luft mehr zwischen uns. Zwischen mir und Onkel Max. Zwischen mir und Bea. Bea und mir.

Denn jetzt lag ich in seinen Armen, spürte alle Glut seiner ausgehungerten Küsse, weiche Hände voll verwandter Zärtlichkeit – Papa – Papa – so hilf mir doch – mein Leib, mein heller, mein reifer Leib bäumte sich – was ist denn los – oh Gott, ich – ich trage ja keinen Keuschheitsgürtel – warum, warum küsst du mich nur – nur – nur – nur.

Die Tür hatte sich plötzlich geschlossen, das Schloss hatte dabei ein wenig geknarrt, das Zimmer war voll rauchigem Dunst, der Kirchturm steckte in rosiger Watte, wo war ich denn?

In meinem Bett lag ein hageres braunes ausgedurstetes Kind mit zerrissenem Hemd und trockener Kehle – die Fremde.

Und jemand weinte. Bea. Oder ich. Und jeder Stuhl schien unerreichbar weit entfernt.

Am nächsten Morgen beim Frühstück – die weiße Sonne spiegelte sich in der polierten Teekanne – lag eine Postkarte auf meiner Serviette. Ulla schrieb: Ich arbeite viel für den Winter – Hast du vielleicht mein Geschichtsbuch mit eingepackt?

Nachmittags verreiste Onkel Max. Wir begleiteten ihn zum Dampfer. – Ich komme wohl bald wieder. Auf der Rückreise. Vielleicht in ein paar Tagen.

Die Sirene heulte. Er hielt einen schwarzglänzenden Handkoffer in seiner Rechten. Das Wasser schäumte in betäubendem Gischt. Das grüne Licht des Meeres blendete kalt. Menschenstimmen, flatternde Tücher, Matrosen. Onkel Max winkte uns noch einmal zu. Ich wandte mich ab. Meine Augen taten mir weh, furchtbar weh.

Seither habe ich ihn nie mehr gesehen. Nie – mehr – gesehen.

Abends saß der Herr von neben Bea an unserm Tisch. Er nannte mich Käfer und Bea lächelte. Natürlich lächelte sie. Natürlich musste sie ihn heiraten. Seine Blutsverwandten darf man auch nicht heiraten, da kann man leicht blinde Kinder bekommen. Das hatte ich in einem Roman gelesen.

Als es am nächsten Tag stürmte und regnete, hielt ich eine Postkarte von Grete in der Hand: Ich freue mich schon wieder auf die Schule. Meinst du, dass wir unsere alten Lehrer behalten werden?

Ich starrte in die wütenden Wolkenfetzen hinaus – Gretes sanfter flaumiger Nacken, Doktor Alexander, Ullas kalte Augen im porzellanharten Gesicht und Anettes Puderdöschen –

Onkel Max war fort. Bea heiratete den Herrn von.

Und ich gehörte wieder zu ihnen, so wie ich heute noch zu ihnen gehöre.

Heute, ja heute war eben erst ein furchtbarer Tag. Ich kam von meiner Arbeit – ein Glück, dass ich nur mit Büchern zu tun habe, wären es Menschen, ich würde sie erdolchen, obwohl ich gewiss keine Mörderin bin, nein gewiss nicht.

Ulla, die könnte aus Überzeugung jemandem Blausäure in den Morgenkaffee schütten, und Anette hätte es so nebenbei, hätte es nachmittags schon vergessen, blinzeln würde sie höchstens –

Grete hingegen würde sich nie zu so etwas hergeben.

Ach Gott, was fasle ich da, ich wollte doch von heute erzählen, obwohl das gar nicht in Ordnung ist, es sollte der Reihe nach gehen und eben war ich noch bei Doktor Alexander – nun heißt er Axel und ist Professor, als ob das nicht gleich wäre, ganz und gar gleich!

Eigentlich ist es ja immer dasselbe, was ich da schreibe, die alte Geschichte von Schulzeiten her, dieselbe Geschichte, stets nach demselben Schema entworfen – und dieses Schema bin ich, Grete, Ulla und Anette.

Ich glaube, ich sehne mich nach Onkel Max.

Ich sehne mich vielleicht auch nach der Horky.

Ich kam also von der Arbeit – wie immer, wenn etwas ganz unerträglich gewesen ist, hockt die Fremde im Spiegel, ich werde diesen Spiegel umdrehen – ich kam von der Arbeit mit verstaubten Fingern, es ging zum Mittagessen, es regnete ein wenig und vor der Universität begegnete ich ihm. Schon wollte ich auf ihn zugehen, da lächelte er, winkte mir zu, befehlend, selbstverständlich, als ob ich seine Frau wäre –

Ich, seine Frau – wie kommt er denn dazu!

Ulla würde sich so etwas nie gefallen lassen, natürlich, sie ist selbstständige Assistentin, unterschreibt Rezepte.

Nicht einmal Anette dürfte man so winken, obwohl sie nichts kann, als mit ihrer Metallsaitenstimme gemeine Lieder singen.

So winkte er mir, ich ging auf ihn zu, gleich wird er fragen, ist die Suppe fertig, die Suppe! Warmer Fleischgeruch, vermischt mit Sellerie und Puri stieg mir in die Nase, mir wurde übel, ich wandte mich ab, rannte nachhause, noch auf der Treppe musste ich mich übergeben –

Oh, bei Gott, es kann ja nicht sein, wir haben uns doch bloß geküsst, furchtbar, verzehrend, rasend, beißend, blutig geküsst........

– Man muss sich nur sehr viel küssen, dann kommen die Kinder, hatte Anette einmal vor langer Zeit zu mir gesagt. Es war in einer Pause gewesen, sie trug eine schwarze Schulschürze, mit Rot bestickt, ihre Lippen waren rot, ich glaube, sie lutschte eben an einem roten Bonbon, und so klein war sie, dass sie auf einen Stuhl steigen musste, um die Tafel mit dem nassen Schwamm bis oben zu waschen.

Sie war in dieser Woche Klassenordnerin.

Das alles ist blanker Unsinn und es ist gänzlich überflüssig, dass ich mich heute daran erinnere.

Anders ist die Geschichte mit dem Mädchen bei Ullas Vater. – Mit der Suppe hat es angefangen, da wurde mir immer übel, sagte sie, so war es auch das erste Mal, daran konnte ich es gleich erkennen.

Es war Winter und sehr kalt, knapp vor der großen Gemeinheit war es, o ja, das stimmt, es war das letzte Jahr mit Doktor Alexander, und ich war schon erwachsen genug, um alles zu verstehen, alles, alles.

Ich kam zu Ulla, wahrscheinlich wieder wegen einer mathematischen Aufgabe oder etwas dergleichen, denn ich musste immer eine Ausrede gebrauchen, wenn ich sie besuchen wollte. Sie sah mich dann an mit ihren Eiswasseraugen, die alles wussten, die genau wussten, wie neugierig ich war, auf das schwarze Ledersofa, die grelle Birne über dem Operationsstuhl, den pickelnarbigen Bruder.

An diesem Nachmittag steckte der Hof mit seinen schwarz verkrampften Bäumen in stickigem Schneenebel. Wolkige Watte mit einem rosigen Stich. Die Kehle war einem damit verstopft.

Als ich durch das Vorzimmer mit den verschossenen

roten Plüschmöbeln ging, saß das Mädchen dort ganz auf der Kante von so einem Fauteuil, einen schwarzen Mantel hatte sie an und zupfte an den fleckigen Fliegenden Blättern.

Ulla zog mich gleich in das Zimmer der Brüder, auf dem Fußboden lag eine blaugestreifte Matratze, der Eisenofen rauchte, ein Reißbrett, in dem noch der Zirkel steckte, stand gegen den Schrank gelehnt. Und noch ehe ich den Mund auftun konnte, wurde der Schlüssel im Schloss des Sprechzimmers – oder war es das Speisezimmer? – umgedreht, wir waren eingesperrt in dem schmalen Kämmerchen mit den drei Feldbetten.

Das alles wäre nicht weiter auffallend gewesen, wenn Ulla nicht auf einmal ausgesehen hätte wie unser Kinderfräulein, als es eines von Mamas Ohrgehängen gestohlen hatte. Sie saß mit krummem Rücken auf der Matratze, ihr Gesicht leuchtete wie weißer Stein in der rosigen Dämmerung, vor dem Fenster reckte sich ein Ast, wie ein dicker schwarzer Arm, und Ulla redete, redete, redete sogar von Doktor Alexander, was sie sonst nie tat. Ich aber hörte trotzdem die Geschichte von der Fleischsuppe.

Ich hatte Angst, schloss die Augen, musste an Stricknadeln denken, lange grausame Metallnadeln – dann nur mehr Flüstern – jemand stöhnte ....

Ich ging gleich fort, nachdem das Schloss zum Operationszimmer wieder aufgeschlossen worden war. Über dem weißen Stuhl brannte grell die große nackte Birne, die Plüschsessel im Vorzimmer waren verrückt, ein paar Fliegende Blätter lagen auf der Erde, das Mädchen war fort und auf der Straße schwebten große schmelzende Flocken durch die graue Winterluft.

Am nächsten Tag kam Ulla zu spät in die Geschichtstunde. Ihre schmalen Lippen waren aufgequollen wie von Bissen. Sie hatte eine Zeitung in ihrem Atlas stecken – und ich riss meine Augen auf, fühlte sie erstarren in blauen Eiswasserblicken, meine Hände wurden lang, zitterten.

Ich las:

.... gegen sieben Uhr abends ..... stürzte die Kellnerin G. E. ...... plötzlich unter schweren Blutungen zusammen .... Spital gebracht .... verbotener Eingriff ––––––––– verweigerte die Aussage .... gegen Mitternacht .... gestorben ....

G. E. .... Ulla wusste es, ich wusste es ..... diese G. E. war das Mädchen mit der Fleischsuppe gewesen. Und da hatte sie noch an den Fliegenden Blättern herumgezupft. G. E. .... Wie sie wohl geheißen haben mochte. Gisela, Gertrud, Grete – nein, Grete gewiss nicht, vielleicht aber Genofeva oder gar Griseldis.

Die Horky hat auch schon eine große Tochter. Eine Tochter mit schütterem blonden Haar und alten Arbeitshänden, ein Mädchen, nach dem jeder greift unter den rauchigen Ziegelschloten –

Ach du lieber Himmel, wer hilft diesem Mädchen!

Und wer hilft mir, wer hilft überhaupt! Noch spüre ich den Geruch der Suppe, heute Mittag vor der Universität, und dann musste ich mich übergeben im Treppenhaus – Oder war es ein Badezimmer mit weißen Kacheln, Toilettewasser und Korkmatte? Trug ich nicht einen – einen hellen Samtschlafrock über – über –

Nein, nein, nein! Das war nicht ich. Und eben davon darf ich nicht schreiben. Ich, ich, ich liebte Onkel Max, ich bin Bibliothekarin mit fixem Gehalt, sogar Alterspension, ich, ich ging in die Schule zusammen mit Grete, Ulla und Anette, ich lernte wohl auch bei dem schönen Doktor Alexander Geschichte, Bergfarbe hatte er und verrauchte gelbe Zähne, ich war es, die die Gemeinheit beging, die die andern verriet –

Und wenn ich tausendmal weiß, wie ihnen dann zumute war, wenn ich es tausendmal empfunden habe, so war ich die Mörderin (Mörderin im Kleinen) und sie waren die Opfer.

Meine Opfer!

Das alles geschah, weil ich ihn liebte. Das heißt: Liebte ich ihn eigentlich? Ich weiß es nicht. Ich weiß es nicht.

Und ich weiß heute nicht, ob ich ihn liebe. Das ist das Unheimliche, das Gefährliche.

Denn wenn ich, ich heute auf ihn zutreten könnte und sagen: – Komm mit mir nach Spanien oder nach Neuseeland – Wie einfach wäre das, wie selbstverständlich! Er käme zwar nicht, fällt ihm gar nicht ein, aber ich hätte eine unglückliche Liebe und das wäre auch gut.

So aber lächle ich, lächle wie Grete, sanft und mit breiten mütterlichen Zähnen, er erzählt mir von seinen Arbeiten, als hätte ich Ullas kristallklaren Verstand und zwischendurch zwinkere ich plötzlich, zwinkere mit Anettes Chinesenaugen, dass er nach mir greift, so – als wäre ich ein Straßenmädchen, das man zu besuchen gewohnt ist.

Aber die Fremde steht daneben, irgendwo in einer blankgeputzten Fensterscheibe, in einem Wasserkrug, unlängst sah ich sie sogar im Glas seiner Uhr, und sie sieht ihn nicht an. Ich glaube, sie liebt ihn nicht, will nichts von ihm wissen.

Wo bin ich schon wieder? Heute – ja heute –

Das alles hat hier nichts zu tun, gehört überhaupt nicht hierher. Ich habe nicht die Absicht, irgend eine komplizierte Liebesgeschichte mit Verrat und Ehebruch und dergleichen zu verfassen. Ich erzähle bloß von meiner Kindheit, meiner Jugend, ihren Schmerzen, ihren Kämpfen, ihren Irrtümern, und wenn das alles hier steht, gesetzt sogar den Fall, man druckt es schwarz auf weiß, also buchstäblich schwarz auf weiß, dann, nicht wahr, dann gibt es doch keinen Zweifel mehr, dass es auch wirklich meine Schmerzen waren, meine Kämpfe und meine Irrtümer.

Denn ich, nicht wahr, ich habe doch auch ein Recht auf das Leben, mein Leben, wenn es mir auch immer zwischen den Fingern zerrinnt wie Wasser. Ich liebe das Meer.

Doktor Alexander war der Schwarm der ganzen Klasse. Sehr einfach: Er war ein Mann. Er hatte weder Gicht noch Krampfadern noch Kartenpartien, noch eine Ehefrau mit aufgestecktem Rattenschwänzchen wie die anderen Lehrer. Am schönsten war er Montag. Denn dann hatte er Sonntag immer eine große Skitour gemacht, und wenn die Tür vor ihm aufging, dann zog es herein wie Bergluft und das Schulzimmer roch nach Schnee. Es roch auch ein klein wenig nach Schweiß, nach Stall und Wolle, aber das merkten die Mädchen nicht. Grete saß da, als wäre sie ganz erwachsen, als wäre ihr Mann gestorben, als müsste sie für drei Kinder sorgen und wartete auf Doktor Alexanders Rat. Ulla schob den Unterkiefer vor – das tat sie gerne, wenn sie besonders angestrengt nachdachte. Dachte sie an Johanna die Wahnsinnige, an die Eroberung von Mexiko oder auch an das Mädchen G. E.? Ulla wusste immer alles. Während Anette kicherte, verkehrte Antworten gab, die Jahrhunderte verwechselte und sich befriedigt wieder setzte, wenn sie ihn zum Lachen gebracht hatte. Er fuhr sich dann rasch mit dem Taschentuch über das Gesicht, als müsste er sich die Nase putzen, und alle waren furchtbar wütend. Nur ich musste eigentlich auch lachen. Ein kitzelndes schlüpfriges Lachen, das ich nur mit Mühe verbeißen konnte.

Es war ein sehr schmutziger Tag, der Schnee schmolz an den Fensterscheiben, die Dächer waren grau, die Leute auf den Straßen wateten wie in teigiger Schokolade. Hätte die Sonne geschienen, so hätte ich die Gemeinheit wohl kaum begangen. Es war übrigens Montag und knapp vor Semesterschluss.

Anette hatte in der vorhergegangenen Woche unter dem Katheder ein Notizbuch von Doktor Alexander gefunden. Darin standen die sieben Fragen, die er uns bei der schriftlichen Semesterarbeit zu geben pflegte, eingetragen.

Sie lud uns darauf für Sonntagnachmittag feierlich zu sich, gab uns in einem tortenrosa Kämmerchen mit Engelsbildern Schlagsahne mit Löffeln zu essen, es roch dabei abscheulich nach Brillantine und verbranntem Haar, denn der »Salon« der Mama lag dicht daneben, und dann las sie uns die Fragen vor. Ulla war empört und sagte, das sei eine Falschheit, Grete sagte pfui, als sie aber hörten, es stünden auch Telefonnummern und ein Name in dem Büchelchen, nahmen sie es doch in die Hand.

Mich interessierten weder Telefonnummern noch

Name, aber ich lernte die ganze Nacht Geschichte. Und dann kam eben der schmutzige Montag.

Als die Arbeit vorbei war, war Grete sehr rot, Ulla biss ihre Nägel und Anette zündete sich am Closett eine Zigarette an. Ich sagte plötzlich: – So! und ging Doktor Alexander in das Konferenzzimmer nach. Ich, ich ganz allein! Ich stellte mich neben ihn vor den grünen Tisch, etwas abseits von den anderen Lehrern, ganz groß, riesengroß fühlte ich mich in meiner Niedertracht, als wäre ich nicht allein, als wäre noch jemand Fremder in mir.

Und dann sagte ich es ihm.

Verrat!

Er schob die Hornbrillen in die Höhe, sehr rot wurde er und furchtbar verlegen, ich sah, dass seine braune Haut voll großer Poren war, und fügte noch hinzu: – Ich war es, die das Notizbuch gefunden hat, aber die Arbeit ist ungültig von allen vieren.

Er wandte sich ab: – Nun, wir werden darüber noch sprechen, stammelte er und ließ mich stehen. Ich ging in die Klasse und erzählte es den andern.

Grete weinte, weinte große, helle, lauwarme Tränen, Ulla ballte die Fäuste und sagte: – Du bist sicher wahnsinnig geworden, und Anette stampfte mit den Füßen. Ich sah, dass sie lange, spitze polierte Nägel hatte und dachte, sie würde mir gleich damit ins Gesicht fahren, in die Augen. – Vielleicht schreibst du es auch noch an die Tafel! rief Ulla höhnisch. Nein, das tat ich nicht. Ich setzte mich ganz still auf meinen Platz, die Knie zitterten mir, der Boden schwand unter meinen Füßen, ich sank in braunen Schnee, schokoladefarbenen Straßendreck –

Der goldene Flaum an Gretes aufrechtem Nacken – Doktor Alexander verachtete sie – Ullas elfenbeinernes Handgelenk, durchzittert von blauen Adern – Doktor Alexander hielt es nicht mehr für der Mühe wert, ihre Arbeit durchzusehen – Anettes halboffener feuchtroter Mund – Ein Name stand in seinem Notizbuch und mehrere Telefonnummern ....

Es war so traurig.

Und traurig war, dass Doktor Alexander der ganzen Sache mit keiner Silbe mehr Erwähnung tat. Weder uns gegenüber noch dem Direktor. Es gab keinen Skandal. Und das war das Traurigste. Denn das alles und wir alle waren ihm gar nicht wichtig.

Die große Gemeinheit – sie war ein Nichts geworden, etwas beinahe Lächerliches. Und Doktor Alexander verlor von seinem Glanz. Er war ein Mann geworden, wie man ihn täglich auf der Straße treffen kann. Wozu über ihn reden, über ihn nachdenken? Er war sonnverbrannt, aber er hatte große Poren im Gesicht. Die Zähne allzu verraucht. Ach was!

Grete fuhr mit ihrem Vater vierzehn Tage an die

Riviera. Anette ging wieder mit Ullas Bruder im Park spazieren, Ulla las Schopenhauer, und mir hatten sie bald verziehen. Die ganze Dummheit war nicht der Rede wert.

Die Schule konnte überhaupt auf die Dauer nicht ernst genommen werden. Doktor Alexander nahm sie schließlich auch nicht ernst.

Oh ja, ich hatte eine furchtbare Gemeinheit begangen. Wir waren erwachsen geworden, plötzlich, an einem Tag. Wir hatten gelernt, die Liebe nicht ernst zu nehmen. Wir vier. Grete, Ulla, Anette und ich.

Im Frühling wurde Mama plötzlich krank. Bea hatte kurz vorher geheiratet, sehr großartig, aber davon will ich gar nicht erzählen, das war zu ekelhaft gewesen.

Mama war krank, sehr krank sogar, und ich war auf einmal nicht nur die Kleine, die bloß Gutenachtsagen kommt, weil ja doch die große Schwester alles einrichtet und erledigt, sondern ich war mit einem Mal die Tochter, die für Mama zu sorgen hatte – die Tochter!

Ich saß an Mamas Bett, ach, dem Ehebett, das Fenster stand offen, denn sie hatte Kongestionen, das sonst so blasse, stets klare Gesicht war rot und unruhig. Draußen regnete es, ein lauer unaufhörlicher Regen, der Flieder duftete, faulte schon an den Sträuchern – und ich wusste, dass Mama sterben musste. Nicht heute, nicht jetzt, ihr fehlte ja nichts als was einer Frau in ihrem Alter eben fehlen muss, hatte der Arzt gesagt, fehlen muss, so wie man einmal sterben muss –

Gretes Mutter hatte gelebt wie ohne Beine und Grete tanzte heute auf einem verregneten Frühlingsfest.

Ullas Mutter war an der Geburt des jüngsten Sohnes zugrunde gegangen.

Anettes Mutter hatte zinnoberrot gefärbtes Haar.

Und meine Mutter –

Mir wurde warm zwischen den Schenkeln. Ein dunkles, ein dumpfes, ein geheimnisvoll wehes Leben floss unter mir hinweg, floss hinein in die nasse Erde, in die dunkle, die dumpfe Erde.

Eine schwere Kuh liegt im Gras unter einem blühenden Apfelbaum – weich und gelockert liegt die kornblumenblaue Steppdecke auf dem Bett von Mama, auf dem Bett von Papa.

Alle Schmerzen der ersten Nacht werden wieder lebendig, Schmerzen zufälliger Geburten, vereinsamter Dämmerungen –

Mama, Mama!

Die Horky hatte sechs Kinder, sechs oder sieben. Schwer waren ihre Brüste gehangen. Unter Milchglaslicht war Grete zur Welt gekommen, eine Nurse hatte im weißlackierten Kinderzimmer auf sie gewartet, Ulla hatte man wie ein rotes kreischendes Bündel in den Waschkorb geworfen, Anette hingegen war in einem Spital geboren worden, wo die Wöchnerinnen alle blauweißgestreifte Kittel tragen mussten. Eine Klosterschwester hatte sie in Empfang genommen.

Mich hatte Onkel Max einmal sehr lange angesehen, als ich noch mit saugenden Blicken zur Decke starrte.

Nun sollte Bea bald von dem Herrn von ein Kind bekommen.

Ich bin verrückt, bestimmt verrückt, da kann mir auch dieses Buch nicht helfen. Kaum schreibe ich das Wort Kind, »Kind«, so ist der Geruch auch schon wieder da, die Fleischsuppe, es schwimmt darin eine dicke Zwiebel, was habe ich, ich denn überhaupt mit Fleischsuppe zu tun!

Das war doch das Mädchen. G. E. hieß sie. Genofeva oder Griseldis. Ich aber, ich bin keine Griseldis. Ich werde nie im blauen Samtschlafrock das Teewasser auf die Flamme stellen, immer wieder auf die Flamme stellen, während er an einer Straßenecke auf Ulla wartet.

Gestern habe ich sie beide gesehen. Ulla ging gleichgültig neben ihm, die Hände in den Manteltaschen. Warum denn auch nicht? Ihr ist so was nicht so besonders wichtig. Schon in der Schule war sie fest entschlossen, ihr Leben einzuteilen. Sie ist zu klug, um zu warten. Sie ist überhaupt zu klug.

Und wenn er morgen, übermorgen Anette aus dem Theater holt und mit ihr in ein geschlossenes Auto steigt –

Anette hat einen weißen flaumigen Pelzmantel, nun dann zuckt Ulla eben die Achseln, im Nebenzimmer auf der Klinik wohnt ihr Kollege, der Doktor N. N. Ulla ist klug, Ulla geht ins Nebenzimmer. Während Grete doch ihr erstes Kind erwartet.

Also das geht nicht, es hat keinen Sinn, ich schreibe nicht weiter. Sooft ich das Wort Kind schreibe –

Muss ich dieses Wort denn überhaupt schreiben?

Ich werde nie mehr etwas von einem Kind erwähnen. Die Fremde hat auch kein Kind.

Übrigens, die Fremde gehörte nie zu uns vieren. Sie stand immer abseits, schaute immer nur zu. Zuschaun ist überhaupt etwas Niederträchtiges. Wer hat das Recht den andern zuzuschaun!

Manchmal, wenn ich nachts das Fenster öffne, besonders im Sommer, taucht die Fremde empor, starrt mich an – wie herausgewachsen aus fremden Tiefen.

Deshalb schlafe ich nicht gerne bei offenen Fenstern. Obwohl Ulla findet, das sei unzivilisiert. Sie schläft auch bei zehn Grad Frost bei offenen Fenstern, es ist ihr gleich, wenn die Schläfen danach schmerzen.

Aber zusehen, bloß schauen, die Welt sehen, wie durch die Lupe den Käfer, nicht wissen, was der andere fühlt, fühlt, leidet, wünscht –

Das kann ich nicht. Werde ich auch nie können.

Nicht einmal im Theater. Da erlebte ich einmal etwas Entsetzliches bei einem Ballett. Nach jenem Frühling, in dem ich so viel an Mamas Bett gesessen hatte. Sie war mit mir in die Oper gegangen, das tat sie immer, wenn Papa verreist war. Sie tat es zwar nicht gern.

Es war sehr heiß und eine Dame mit speckigem Rücken in der Reihe vor uns hatte ein Maiglöckchenparfüm, das roch ganz gelb und ein wenig nach zerriebenen Blättern. Man spielte ein Wald- und Wiesenballett, süße Musik mit rosa Beinen, Zehenspitzen und Pappendeckelbüschen voll Netzen. Auch die Ballerine dritte Reihe links war süß, hatte krauses Puppenhaar und ein Friseusenlächeln, sie sah ganz so aus, wie sie auszusehen hatte, nur dass ihre Beine nicht ganz so waren, wie sie sein sollten, nicht geschwungen genug, keine Waden. Sie waren mehr wie lange gleichmäßige Stöcke, schlanke Äste, eben abgehauen von einem edlen Stamm.

Ich sah auf diese Beine. Sie schimmerten weiß unter dem rosa Strumpf. Unendlich müde wurde ich. Die Augen fielen mir halb zu. Nur mehr diese Beine sah ich, ganz weiß waren sie geworden, milchig, eine graue Stube, eine Waschschüssel mit grauem Wasser, auf dem der Puder rosa schwimmt, Geldscheine auf dem Holztisch, ein Azaleenstock und in der Toilettentischlade eine zerissene Photographie ....

Greller Applaus, die Ballerine dritte Reihe links wirbelt um die Zehe, wirft Kusshände ins Publikum – ich aber sehe ein Glas Wasser vor mir, ein winziges giftgrünes Pulverdöschen.

Sie lächelt mit weißen Zähnen wie ein Chlorodontplakat und ich merkte deutlich: Ihr Gesicht war wie ein Totenkopf.

Die Dame mit dem Speckrücken zog ihr Maiglöckchentaschentuch aus dem Perlenbeutel und putzte sich schnaubend die Nase.

Sollte ich die Polizei rufen, die Rettungsgesellschaft, zum Direktor gehen, das Mädchen holen lassen, sollte ich –

Mama sagte zu mir in der Garderobe: – So komm doch schon. Immer bist du so langweilig. Ja langweilig.

Grete, die war niemals langweilig. Vor ihr öffnete sich jetzt in diesen Monaten die Welt, eine breite, weißgepflasterte, morgensonnige Welt. Und ihr Vater war es, der die Tür ihres Kinderzimmers aufriss für sie.

Sommer voll Segel, Eisenbahnen mit samtenen Sitzen, Lampions unter Kastanienbäumen. Eislimonaden und ein toll gewordenes Kurorchester.

Grete schwamm hinaus in blaue Weiten. Langsam gleichmäßig atmend, mit den sicheren und ruhigen Tempi einer braven Schwimmschülerin, die bei den Lektionen ihres Schwimmeisters gut aufgepasst hat.

Und man sah ihr zu. Die Studenten ihres Vaters, die in seinen Vorlesungen saßen, sich in seinen Hörsälen Notizen machten, sahen ihr zu, wenn sie über eine Treppe ging. Damen mit Lorgnons bewunderten sie, wenn sie in ihren hellen Sommerkleidern tanzte, Tango tanzte mit wiegend sicheren, wohl abgemessenen Schritten.

Oh sanftes Warten ohne Ungeduld!

Der erste Assistent des Vaters hatte eine weiße hohe Stirn. Etwas starrende Augen, so hell, dass sie beinahe schon keine Farbe mehr hatten. Sagte er »Fräulein Grete«, so wurden ihm die Hände feucht. Große Hände mit weißen kraftlosen Fingern. Kranke Hände. Und er hatte bläulich kranke Zähne.

Er ging mit ihr an einem Sonntagvormittag über eine Wiese voll Margeriten. Glockengeläute. Sie trug eine zwirndünne Goldkette um den Hals. Und ein vergissmeinnichtblaues Kleid.

Es war so warm – nicht heiß, so hell – nicht grell. Sie dachte an den Braten, den sie bestellt, an den Wein, den sie hatte einkühlen lassen, an das Obst, die Blumen auf dem Tisch – Sie senkte den Kopf, da spürte sie plötzlich etwas Kaltes, Nasses auf dem Nacken, an dem Ansatz des goldigen Flaums – die Lippen des Assistenten.

Blutrot war er geworden. – Fräulein Grete, verzeihen Sie – Ich liebe Sie – Ich bete Sie an – Nie, nie mehr –

Fort war er, verschwunden im glänzenden Buchengestrüpp. Grete zitterten die Knie. Langsam wischte sie sich den Handrücken an ihrem vergissmeinnichtblauen Sommerkleid ab. Ein bisschen übel war ihr.

Sie legte sich ins Bett. Kopfschmerzen. Bei geschlossenen Fensterladen lag sie in den frischen kühlen Laken.

Das also war die Liebe. Vielleicht ging er jetzt ins Wasser. Nein, lieber nicht, das wäre zu traurig. Ob er ihr wohl einen Brief schreiben würde? Ach, das wäre nicht schlecht, aber nur keinen Kuss, nur nicht wieder so einen nassen glitschigen Kuss.

Etwas tat ihr weh, ein bisschen und ein kleinwenig angenehm weh.

Am nächsten Tag erwiderte sie den Gruß des Assistenten mit abweisendem Kopfnicken. Er schrieb einen verzweifelten Entschuldigungsbrief. Sie antwortete nicht darauf. Er reiste ab. Sie weinte eine halbe Stunde vor dem Schlafengehen gekränkte Tränen. Sie dachte, dass er wiederkommen würde. Er kam nicht.

Oh stilles Warten ohne Träume!

Natürlich wusste ich das alles, als sie zum ersten Mal wieder vor mir in der Schulbank saß. Wir waren jetzt erwachsene Mädchen. Letztes Jahr Gymnasium. Ich roch es förmlich an dem Flaum ihres Nackens, ich war wütend, weil sie mir ja doch nichts erzählen würde – Grete sprach zu niemandem von so was, nicht einmal zu sich selbst – und ich hasste sie, weil ich wusste, dass er nicht wert gewesen war, ihr Kleid zu berühren.

Das vergissmeinnichtblaue Sommerkleid.

Während ich einmal hinter einer Hecke in eben diesem Sommer einen dummen Jungen abgeohrfeigt hatte. Es war eine lange Geschichte gewesen, mit Briefen auf liniertem Papier, und einmal lauerte er mir auf, als ich –

Aber wirklich, es ist nicht der Rede wert, ganz uninteressant. Wozu das aufschreiben!

Ulla hingegen, der konnte es nicht passieren, dass einer von hinten her oder gar auf den Nacken –

Sie stand schon seit Jahren sprungbereit wie auf einem schwankenden Trambolin, und erst, wenn sie sich sagte: – Hopp! würde sie hineinspringen in eine Liebesgeschichte, eine Verzweiflungsnacht oder in ein Menschenherz.

Bei Ulla war alles so unsicher, so vom Zufall abhängig und von ihrer Laune.

Übrigens, dass ich es nicht vergesse, Doktor Alexander hatten wir im letzten Jahr nicht mehr. Das heißt, eigentlich ist es nicht so wichtig, man dachte gar nicht daran, es zu erwähnen. Nur Anette sagte: – Schade! Ich war soooo verliebt in ihn, und zog dabei einen zinnoberroten Strich über die zu große nasse Oberlippe. Sie war sehr gewachsen in diesem Sommer, die kleine Anette.

Ulla war mager geworden, furchtbar mager. Ihre porzellanweiße Haut hatte einen gelblichen Stich bekommen. Das kam wohl vom vielen Baden. Sie hatte übrigens in ihrem Schwimmklub einen Preis gewonnen.

Ungeduldig war Ulla. Die blauen Eiswasserblicke flackerten. Vielleicht gab es auch Schnee darin, geschmolzene Schollen.

Manchmal holte sie jetzt ihr ältester Bruder von der Schule ab. Er war schöner als der Junge mit den Pickeln, sehr groß, krampfhaft geschmeidig mit Ullas scharfer Nase. Er schien die anderen Mädchen nicht zu sehen, wenn Ulla kam, nahm er ihr das Bücherpacket aus der Hand und wandte sich sofort ab.

Ich erinnere mich, dass Anette einmal hinter seinem Rücken die Zunge herausstreckte. Gott sei Dank, dass Ulla das nicht bemerkt hatte.

Denn sie liebte ihn sehr, mehr als den Vater, der mit seinem seidigen Bart und seiner seidigen Stimme einem Rabbiner glich, mehr als die anderen Brüder, die ewige Flegel blieben. Ihn konnte sie um Rat fragen. Er hatte eben seine Studien beendet, war angestellt in einem Kinderspital. Sie wollte auch Medizin studieren, einen weißen Mantel tragen.

Er hatte einen Freund. Ich sah diesen Freund nur ein einziges Mal bei einem meiner zufälligen Besuche in dem niederen Haus. Und ich weiß nicht, ob ich mich recht erinnere, oder es mir einbilde: Er hieß Hermann. Ja, gewiss, er musste Hermann heißen, ich bin überzeugt davon.

Er war genau so groß wie der älteste Bruder, war auch Arzt in einem Kinderspital und hatte dieselbe scheue und abweisende Art, einem die Hand zu geben. Als ich seinen braunen Scheitel sah, musste ich an Oliven denken. Braune, beizend salzige, schmelzend ölige Oliven.

Er sah mich gar nicht an, konnte einen überhaupt nicht ansehen, weil er zu lange Lider hatte, hängende, die Augen verdeckende Lider. Eigentlich war das abscheulich.

Ulla sprach mit ihm genau so wie mit dem ältesten Bruder, kurz, vertraut, mit gemachter Gleichgültigkeit: – Willst du Kaffee? Nein, nicht die, nimm diese Zigaretten, sie sind besser.

Es war wohl sehr schwer für Ulla, dass sie keine Mutter hatte.

Und wenn Mama sich etwas mehr um mich gekümmert hätte, dann wäre es mir gar nicht eingefallen, mich schon so früh und so heftig in Onkel Max zu verlieben.

Ulla ging dreimal in der Woche turnen, dreimal schwimmen, lernte Jujitsu und machte Sonntag für Sonntag eine anstrengende Klettertour mit dem ältesten Bruder und Hermann.

Sie las viel, schwere Bücher, die sie nicht verdauen konnte in schlaflosen Nächten.

Einmal sagte sie zu ihm, als sie an einem goldigen Oktobernachmittag in ein Tal abstiegen: – Warum tust du es nicht? Du weißt doch, dass ich es brauche.

Hermann sah sie an. Sie ging in Hosen, das Haar geschnitten wie ein Junge, tiefschwarze purpurne Blätter raschelten unter den Füßen. Seine Lider senkten sich.

– Das ist Unsinn, Ulla. Du bist zu jung.

– Keine Spur. Aber du hast Angst, weil ich ein Mädchen bin.

Kollernde Steine. Der Bruder kam ihnen nachgesprungen. Weiße Nebel stiegen wie Rauchsäulen aus den braunen Felsen.

Und dann kamen sie in eine Kirche, irgend eine Dorfkirche, wo der Abendsegen gehalten wurde. Im Hof nebenan wurde gekeltert, gärender Mostgeruch mischte sich dem Weihrauch, betende Kopftücher und Rosenkranz, Gemurmel unter süßen langen leuchtenden Kerzen –

Und da packten sie sich an der Hand im Schatten der Pfeiler, drei verirrte Kinder aus einem unendlich fremden, unendlich weiten und schwülen Land. Drei Geschwister. Dunkel und begehrlich in den haarigen Touristenkleidern.

Ulla hat mir dann am nächsten Tag alles erzählt, das heißt, natürlich nicht von der Kirche, den Nebeln und den purpurnen Buchenblättern. So was weiß man schließlich von selbst. Sie erzählte mir nur von einer Nacht in einem dürftigen Studentenzimmer, einer Nacht voll Schmerz und Geborgensein, Qual und Erlösung ....

Und es roch – wir saßen auf einer nassen Bank im herbstnassen Park – es roch um mich auf einmal nach

Salz und Olivenöl, die braunen Stämme verschwammen vor meinen Augen, ganz braun wurde alles, mit einem einzigen blutigen Riss –

– Was hast du nur? fragte Ulla. Wer wird denn gleich so empfindlich sein. Es war sehr gut und sehr vernünftig, vielleicht nicht sehr schön, aber notwendig.

Wie klug sie war! Viel, viel zu klug. Ich aber sah zu ihr auf und saugte aus den strengen Eiswasserblicken ein neues süßes, ein rosiges Licht.

Mir war leicht zumut an diesem Tag. Sogar die Mathematik, die mir immer so unendlich schwer fiel, machte mir heute nicht viel Kopfzerbrechen. Und als abends der Herr von mit Bea zu Besuch kam, gab ich ihm die Hand, als ob, nun, als ob er eben nicht der Mann meiner Schwester wäre, sondern bloß der Herr von, ein fremder Mensch, der mich nichts anging.

Ach, man sollte sich nicht erinnern können, nicht so gerne an alles erinnern können. Man sollte die Tage abstreifen wie alte Kleider, verschenken, wegwerfen, verbrennen – auf den Mist damit! Und nie, niemals sollte man die Kleider der anderen tragen.

Ich hätte es nicht tun sollen, nicht tun dürfen. Da schreibe ich eben die Geschichte von Ullas erster Liebe – vielleicht war es gar nicht die erste Liebe, vielleicht war es überhaupt nicht einmal Liebe – Ach was, es war ein goldener kristallklarer Herbst, abends krochen warme Nebel in die Häuser, man saß beisammen unter verdeckten Lampen, verdeckt waren Hermanns Blicke, zu lange Lider hingen über sie herab, verdeckten mich, nein, Ulla, oder vielleicht auch mich –

Jedenfalls war ich glücklich, als ich gestern von diesem Herbst erzählte. Ich saß allein in meinem Zimmer, mit sechs gespitzten Kohinoors, leuchtendem Papier und ohne die Fremde.

Und da machte ich heute die Dummheit und ging zu Grete. Nur weil er mir eine Postkarte geschrieben hatte wegen eines blöden Buchs.

Jetzt sieht man es schon deutlich – das Kind nämlich. Gretes lange braune Augen haben ihr rötliches Licht verloren, sind stumpf wie Packpapier. Und die Lippen über den breiten braven Zähnen sind aufgesprungen.

Ich kann jetzt nicht weiter erzählen von damals und wäre doch so gerne bei Ulla geblieben und in jenem Herbst, in dem wir eben achtzehn waren.

Ich redete natürlich auch von Ulla, heute, Grete schenkte Tee ein, sie trug ein gelbes Hauskleid, hörte nicht zu, und er sagte: – Ja Ulla, die ist klug, viel zu klug.

Das schrieb ich selbst doch erst gestern. Ja wirklich, da steht es, schwarz auf weiß. Ist das nicht verrückt.

Und verrückt ist, dass er mir, weil es regnete, Gretes Regenmantel über die Schultern hing. Und dass er mich begleitete. Er hätte mich nicht begleiten brauchen, auch wenn ich Gretes Regenmantel trug. Und er ging neben mir und es regnete, und in gelben Patzen schwammen die Straßenlaternen auf dem schwimmenden dunklen Pflaster, er hielt den Schirm, ich hing mich ein in ihn –

Und als wir nachhause kamen, gab er mir unter dem Haustor einen Kuss auf den Mund, einen großen lustigen Kuss. Er passte gar nicht auf, ob jemand uns sehen könnte – jetzt eben erst vor einer Viertelstunde war es – und ich erwiderte diesen Kuss mit einem leichten Zucken der Lippen, so selbstverständlich, wie auf einem Bahnhof, wenn man schon längst verheiratet ist.

Und ich sitze hier und am Fenster hängt Gretes Mantel, Waterproof, beste Qualität, sanft und traurig hängen die Ärmel und ich getraue mich nicht, mich umzuwenden, denn in der dunklen Scheibe ist nicht die Fremde, ach Gott, wäre es doch nur die Fremde!

Nein, in dieser Scheibe schwimmt ein breites Lächeln, ein gutes, ein mütterliches Lächeln aus gesprungenen Lippen –

Ich spüre im Nacken das Kräuseln goldigen Flaums.

Ich werde heute nicht weiter schreiben.

So, jetzt sind ein paar Tage vergangen. Keine schönen Tage, keine angenehmen Tage. Der Kopf war mir schwer, Hände und Füße, einmal blieb ich sogar zuhause, statt in die Bibliothek zu gehen, ich musste viel an Pfirsiche denken und gelbe Getreidefelder.

Zweimal versuchte ich auch zu schreiben. Aber ich hatte so eine ungeschickte dumme Backfischschrift und das Papier schwamm himmelblau über den Tisch, und da wurde es ein Brief an ihn. Es wäre besser, wir würden uns nicht mehr sehen und derlei. Ich warf diesen Brief in den Kohleneimer. Er sah so unnatürlich aus.

Heute war ich mit Anette zusammen. Sie erzählte mir – ja, jetzt werde ich nicht aufschreiben, was sie erzählte. Zurück, zurück in jene Zeit, als ich achtzehn war, als Grete auf Bälle ging und dem Vater das Haus führte, Ulla mit ihrem Bruder und Hermann die waghalsigen Skitouren machte und als Anette aus der Schule flog.

Vieles wäre anders gekommen, wenn Anette damals nicht aus der Schule geflogen wäre. Niemand erfuhr, weshalb. Aber ich wusste es, ich natürlich. Denn ich ging immer zu ihrer Mutter, mir die Haare waschen lassen. Der »Salon« war für Herren und Damen. In der Mitte ein roter Kunstseidevorhang mit Blumensträußen, die sich wanden wie Polypen.

Anettes Mutter bediente mich selbst. Weil ich mit Anette in die Schule ging, ihre Freundin war. Sie hoffte auf meinen guten Einfluss.

Denn, ach, Anette sollte es anders haben als ihre Mutter. Keinen Salon mit Kunstseidenvorhang, verbrannten Haaren, Rasierseife und rosigen Manicurefräuleins. Anette hatte was gelernt, höhere Bildung, sollte selbstständig werden.

Selbstständig! Anettes Mutter hatte zinnoberrote Haare und viele goldene Zähne. Ihr Busen hopste, wenn sie einem den Kopf frottierte, sie zankte mit den Mädchen und am meisten mit Anette, die statt ihre Schularbeiten zu machen immer mit Modejournalen auf den Knien in der Nähe des Vorhangs herumlungerte. Wenn aber die dicke Friseurin »selbstständig« sagte, dann wurde ihr Gesicht – es war eigentlich ein komisches Gesicht mit einer lächerlichen Stupsnase – dann wurde ihr Gesicht fromm – so wie bei der Horky, wenn sie von einem schönen Kino erzählte – und dazwischen kreischte sie ganz plötzlich: – Das Mensch muss hinaus, das Mensch reißt schon wieder am Vorhang rum! Sie hob einen Föhnapparat als funkelndes Schwert und Anette stolzierte mit ihren neugierigen Beinen, die immer noch an Stäbe erinnerten, ab durch die Hintertür. Ihre Chinesenaugen lächelten nachsichtig.

Selbstverständlich war Anette entschlossen, ihre langen Stangenbeine mit der gelblichen Urwaldhaut nicht auf die Dauer in Florstrümpfe zu stecken. Oder einen Lippenstift zu benützen, der nach roten Wanzen schmeckte. Und ich merkte beim Umkleiden vor der Turnstunde, dass sie ein erbsengrünes Crêpe-de-Chine-Hemd hatte mit zackigen Spitzen. Sie legte den Finger mit dem spitz manikürten Nagel auf den schwellenden Mund: Pst, du sagst es niemand! Ich weiß ja, auf dich kann man sich verlassen.

Nein, nein, auf mich kann man sich eben nicht verlassen. Das glaubten alle und deswegen geht jetzt alles schief. Immer legten sie alles vertrauensvoll bei mir ab, ihre Freuden, ihre Schmerzen, ihre Liebe, ihren Hass, ihre Wünsche und einmal sogar eine goldene Herrenuhr.

Diese Uhr war eklig dick. Es war knapp vor Weihnachten und Anette kam damit zu mir gelaufen. Ich packte eben verschiedene Geschenke in buntes Seidenpapier, da stürzte sie in mein Zimmer, und obwohl es schon ein wenig dämmerte, sah ich doch deutlich, wie grün sie war, grün wie zitternder Tang, und ihre Lippen waren nackt und nass und ungeschminkt.

– Du, sagte sie atemlos, auf dich kann man sich verlassen (also schon wieder) – nimm das und trag es mir aufs Versatzamt. Ich brauche Geld. Wegen Weihnachten natürlich. Also, nicht wahr –

Und fort war sie. Zwischen den Weihnachtsgeschenken lag auf einem Haufen buntem Seidenpapier die Uhr. Es war, wie schon gesagt, eine dicke Uhr, mit dickem Goldrand, dickem kleinen Zeiger und dicken Ziffern.

Ich konnte sie nicht angreifen. Wollte es, versuchte es. Unmöglich. Ich starrte sie an. Flüsternde Dämmerung.

Ein graues Laken – haarige Hände – stumpfe Finger – zahnlose Gier – Anettes Beine – strampelnde Stäbe – Urwaldstäbe – und ein Nachttisch mit grauer Marmorplatte – das Nachtgeschirr vor dem Bett – die Uhr auf der grauen Marmorplatte, neben Taschentuch und Brieftasche die Uhr, die goldene, die dicke Uhr …

Entsetzlich übel war mir. Aber Mama rief zum Abendessen. Und die Uhr lag immer noch auf dem vielen Seidenpapier. Da tat ich das Dümmste, was ich nur tun konnte: Ich nahm einen Bogen Seidenpapier, den ich wegen seiner süßen puppenrosa Farbe vorher zur Seite gelegt hatte, und packte die Uhr drin ein.

Wahrscheinlich war es diese Farbe, die die Aufmerksamkeit des Beamten im Versatzamt gleich auf mich lenkte, sodass die Polizei zur Stelle war, während ich noch das Geld in der Hand hielt, das viele Geld, sicher bekam man dafür eine ganz neue Armbanduhr, so eine dünne, flache mit winzigen Brillanten ringsum –

Da war ich auch schon verhaftet.

Typisch, sagte der Polizeibeamte, als ich vor seinem Schreibtisch stand und er meine Aussage zu Protokoll nahm. Ich rollte mein Taschentuch, stieg von einem Bein aufs andere, und wie sie alle so furchtbar feierlich taten wegen einer Uhr, einer dicken goldenen Uhr, da musste ich kichern, ein ganz klein wenig mit verzwickten Augen.

Dann kam noch eine Dame von der Fürsorge oder wie das heißt, und nahm mich ins Gebet. Nichts zu machen. Ich wusste nichts. Nichts von der goldenen Uhr und nichts von einem Herrn Neumann, so hieß er nämlich. Ich sprach nur immer von dem rosa Seidenpapier und da wurde die Dame ganz böse und sagte, ich sei gottlos und rettungslos verdorben. Nun musste ich aber wirklich lachen, und wer weiß, wie das alles noch ausgegangen wäre, wäre nicht plötzlich ein Beamter ins Zimmer gekommen und hätte das Ganze aufgeklärt. Denn der

Herr Neumann hatte inzwischen seine Anette zu finden gewusst und das telefonisch gemeldet.

Man schickte mich nachhause.

Dass Papa damals über mich verzweifelt war, die Hände rang und sagte, ich schade seinem öffentlichen Ansehen, war mir gleichgültig. Und sogar auch, dass Mama weinte. Ich hatte immer gedacht, dass sie meinethalben nur weinen würde, wenn ich gestorben wäre. Aber damals war ich froh, dass Onkel Max verschwunden war. Vor ihm hätte ich mich grässlich geschämt.

– Du bist zu dumm, sagte Papa.

Dumm – da mochte er wohl recht haben. Es war gewiss dumm von mir, dass ich die ganze Zeit an die Friseurin mit dem zinnoberroten Schopf denken musste. Denn nun war Anette knapp vor der Matura aus der Schule geflogen, nun konnte sie nicht mehr »selbstständig« werden. Selbstständig – was das wohl heißen sollte? Ohne Geld von Papa oder sonst einem Mann.

Und ich suchte Anettes Mutter auf und sie war riesig lieb zu mir, gar nicht böse. Obwohl ich mich doch so ungeschickt benommen hatte. Sie setzte mich gleich vor sich hin und wusch mir die Haare – schauderhaft sehen sie aus, kommen Sie nur! – und dann erzählte sie mir, dass sie ein gefallenes Mädchen gewesen sei, ein feiner Portier hätte sie verführt und dass sie dann, nun, dass sie dann eben nie mehr selbstständig gewesen sei. Und dass sie Anette das ersparen wollte und sie deshalb ins Gymnasium geschickt hätte.

Sie schrie furchtbar, denn sie trocknete mir dabei das Haar mit dem Föhn und sah in alle Spiegel, um sich zu vergewissern, dass auch niemand im Geschäft sei. Es war Sonntagvormittag.

Bis dann plötzlich Anette hinter dem roten Polypenvorhang auftauchte. Sie trug eine ganz neue Armbanduhr, so eine dünne, flache, mit winzigen Brillanten ringsum.

Da weinte ihre Mutter, Anettes Mutter, die zinnoberrote Friseurin, und sie ließ sich von mir das Waschen der Haare nicht bezahlen. – Es ist ja Sonntag heute.

Ulla war empört, dass man Anette so ohne Weiteres hinausgeworfen hatte. Einen Eingriff in die persönliche Freiheit nannte sie das. Und sie ging in den nächsten Tagen demonstrativ mit Anette vor der Schule spazieren.

Grete hingegen errötete leicht, wenn von Anette die Rede war. Dabei war sie eigentlich am engsten mit Anette befreundet gewesen, hatte sie doch jahrelang neben Anette gesessen, seit jenem denkwürdigen Herbsttag, an dem sie plötzlich von mir abgerückt war. Hatte sie doch mit Anette getuschelt, Anettes »Geheimnisse« angehört, allerdings immer nur angehört, denn Frauen wie Grete sprechen nichts, sprechen nie – sie haben eine heisere Stimme und vielleicht auch ein heiseres Herz.

Grete sagte unlängst zu Ulla, wie schön, wie unerhört schön die Schwangerschaft sei. Wie göttlich, wie erhaben man sich fühle.

Kann man sich erhaben fühlen, wenn einem übel ist? Wenn man erbricht?

Die Horky hat sich sicher nie erhaben gefühlt oder gar göttlich, bei allen ihren acht Schwangerschaften, denn acht waren es, glaube ich, ein- oder zweimal ging es auch daneben.

Und schön – Ist es schön, wenn man einen Bauch hat, plumpe Beine und Ringe unter den Augen?

Nein, ich finde das nicht schön und er findet es auch nicht schön. Das fühle ich, als er mir unlängst im Park mit den Augen die Hüften entlang fuhr. Seit ich mit Ulla schwedisch turnen gehe, bekomme ich ebensolche Hüften wie sie, steil abfallend, Hüften, die mit den Beinen mithalten, wenn man rasch und sicher geht.

Ich fühle seine Augen die Hüften entlang fahren und musste an eine Reise denken, an ein Schiff mit hohen, strahlend weißen Segeln.

Es ist gut, es ist vor allem wichtig, dass ich dieses Buch schreibe, denn nun merke ich erst, wie schlecht ich bin, wie gemein. Ich will ihn haben, liebe ihn, bin verliebt in ihn, dürste nach ihm, weiß, dass er nach mir greifen möchte, greifen – so wie Männer nach Ulla greifen, wenn sie den weißen Ärztemantel abstreift und ihre langen kräftigen Arme auseinander schlägt – und er will mich auf ein Bett werfen, auf irgend ein Sofa, so wie man eine Anette hinwirft, irgend einmal – ich aber will ein Kind gebären, ein Kind von ihm – wie Grete.

Überhaupt, wir vier! Als die Matura überstanden war – bei Ulla ging es großartig, bei Grete recht jämmerlich, aber die Professoren lächelten sie an in ihrer sanften Schönheit, und bei mir – nun, ich bin eben auch durchgekommen, wie es war, weiß ich nicht mehr so genau – und Anette erwartete uns in einer Konditorei – Also, als die Matura überstanden war, da saßen wir einander an einem runden Marmortischchen gegenüber und aßen Eis. Es war eine furchtbare Hitze, die Straße draußen lag grell und tot, das Mädchen, das uns in weißer Spitzenschürze bediente, konnte sich kaum auf den Füßen halten, und unsere Sommerkleider klebten an den rotpolierten Stühlchen.

Ich weiß noch genau, was für Eis wir aßen: Grete Himbeer, Ulla Kaffee und Anette Schokolade mit Schlagsahne. Wir waren sehr ernst. Beinahe war es eine feierliche Handlung.

Und auf einmal sprachen wir von Doktor Alexander.

Mir wurde kühl bis in die Fingerspitzen. Ich dachte an sein braunes Gesicht mit den gelben verrauchten Zähnen, an seine windverwehten Haare, und mir fiel ein, dass er einmal mit einem Edelweiß im Knopfloch in die Klasse gekommen war.

Ulla sagte: – Ich bekam in Geschichte eine Frage aus

der gewissen Schularbeit. Na, ihr könnt euch denken, dass ich da was gewusst habe. Dem verdanke ich wohl meine Auszeichnung.

Anette sagte: – Wenn wir ihn behalten hätten, meinethalben nur eine einzige Stunde in der Woche, ich wäre jetzt durch wie ihr und hätte keine Dummheiten gemacht.

Grete schwieg. In ihren langen braunen Augen spielten rote Lichter, der goldige Flaum im Nacken zitterte leicht, und sie legte den Löffel voll Himbeereis, den sie eben zum Mund führen wollte, wieder zurück auf das Glastellerchen.

Ich aber dachte an meinen Verrat und etwas tat mir weh, so wahnsinnig und unergründlich weh wie damals in der Bahn, als ich der Horky den Kuss verweigert hatte. Ich sah auf von mir, fort zu den andern.

Wir verabschiedeten uns dann auf dem blendenden, heißen Pflaster vor der Konditorei. Und dann sahen wir uns lang nicht mehr.

Ja richtig, Ulla ging noch ein Stück mit mir durch eine lange, sehr kühle Gasse. Und plötzlich sagte sie: – Wir vier, warum nur gerade wir vier? Eigentlich müsste ich mit Gerda Lange oder mit Liselotte Meller befreundet sein. Sie haben meine Interessen. Aber da kamen immer Grete und Anette dazwischen. Anette ist mir manchmal beinahe ekelhaft und Grete ist eine höhere Tochter. Und dann noch du – du –

Sie blieb stehen und starrte mich an mit ihren blauen Eiswasseraugen. Beinahe drohend.

– Du hast es immer gewollt. Du bist eigentlich schuld daran.

Ich erwiderte ausweichend: – Wir sind ja auch immer nebeneinander gesessen.

Da nickte sie mir zu und verschwand um die Ecke.

Ach, welche Angst ich hatte, sie könnte nun auch aus meinem Leben verschwinden, so wie Onkel Max an jenem grünschäumenden Sommernachmittag mit dem schwarzen Handköfferchen in seiner Rechten. Sie könnte verschwinden, Anette könnte verschwinden, Grete –

Das war nicht mehr Angst. Das war Todesangst.

Papa und Mama, die meinen Zustand merkten, hielten es für Überanstrengung. Man schickte mich fort, ich sollte eine Reise machen, zum ersten Mal allein. Nach dem Süden, ans Meer.

Ich war allein, ich war furchtbar allein. In den Hotels, in denen ich wohnte, hatten alle Kellner die gleichen Gesichter, nur die Stubenmädchen waren manchmal traurig und verweint.

Grete war gestern auch verweint. Grete! Sie kam zu mir, um mich zu fragen – oh Gott, das kann ich nicht niederschreiben, es ist zu grässlich –

Ich weiß überhaupt nicht, ob ich weiter schreiben soll.......

Ich antwortete ihr mit einer heiseren Stimme. Eine heisere Lüge.

Da wollte ich erzählen von mir, von mir allein, wie es war und wie alles gekommen ist, aber auf einmal sind die Tage zu hell, als wäre keine Luft zwischen mir und der Sonne, zwischen mir und den andern.

Die Gegenwart ist so nahe gerückt. Man braucht bloß die Hand auszustrecken, bloß –

Oh Gott, nur das nicht!

Ich weiß zu genau, was es heißt, verraten zu werden, wenn man schutzlos ist und alle Gefahren des Lebens, alle Gefahren des Todes in sich trägt in einem schwangeren Leib. Ich weiß es, und wenn er tausendmal mich hinüberziehen will in gesunde Freuden und gestohlenes Glück.

Weil er eben nichts, nichts, nichts davon versteht. Keine Ahnung hat. Keine Ahnung!

Ich weiß ja auch nichts von ihm. Wenn ich versuche, ihn zu verstehen, so muss ich immer an die Geschichte von dem Matrosen denken. Eigentlich war es wohl kaum ein Matrose, sondern ein Bettler. Aber das ist gleich.

Man hatte mich also auf eine Reise geschickt, davon sprach ich ja schon, allein auf eine Reise. Ich sollte mich von meinen Studien erholen.

Eines Nachmittags ging ich spazieren an einem italienischen Hafen. Das Meer war kochend blau und gerade gegenüber dem lustigen Café am Strand lag ein ungeheures schwarzes Kriegsschiff. Männer in grauen Kitteln – sie sahen aus wie Sträflinge – kletterten auf ihm herum. Im Café spielte die Kapelle eben »Holde Aida«.

Und die Mündungen der Kanonen waren gerade darauf gerichtet.

Ich ging langsam, es war sehr heiß und die Musik war mir unangenehm, es roch nach Teer und Fischen und Salz, und auf einmal war mir, als kröche ein Hund vor mir über die Straße. Ich wollte nicht hinsehen, wollte nicht, denn es war ein Mann, ein Mann und kein Hund, ein Mann ohne Beine auf einem winzigen rollenden Wägelchen, ein Mann mit einer Matrosenbluse, er sah mich an, sagte wohl auch etwas, sah mich an von unten herauf – Es war so etwas Triefendes in seinem Blick – da gab ich ihm ein paar Centesimi. Vorsichtig, um ihn nicht zu berühren. Er nahm sie und verfluchte mich.

Und ich ging weiter und die Kapelle spielte weiter und der Mann war fort, wie eben ein Hund, der über die Straße läuft, dunkel gelb brannte diese Straße und ich war allein, so allein als trüge ich keine Kleider am Leib.

Ich hätte ihm nicht die Centesimi geben sollen. Das wusste ich. Aber er war mir so fremd, als wäre er ins Meer gerollt und läge hunderte von Metern grün aufgequollen auf dem Grund.

Ich hätte ihn berühren müssen. Das wusste ich. Aber ich spürte es nicht. Spüre es heute noch nicht. Ich spüre nie, was ein Mann empfindet.

Auch heute nicht.

Nach dieser Sache hatte ich plötzlich Sehnsucht nach Onkel Max. Und deshalb sah ich ihn wohl am selben Abend in einer schlecht beleuchteten öldampfenden Straße vor mir in der Menge verschwinden. Natürlich war er es nicht, das ist auch nicht möglich, es waren nur Papas Schultern, sein hochmütiger Schritt.

Ein paar Weiber zankten sich, Kinder kreischten, die Luft war wie ein dunkles Bad, kurz darauf begann es wohl zu regnen ....

Nein, es war sicher nicht Onkel Max gewesen. Ich verstehe nicht, warum mich das heute noch in Aufregung bringt, ich verstehe nicht –

13. 5. Gestern Nacht hat Grete ein Kind geboren. Einen Sohn. Seinen Sohn.

Drei Monate habe ich nun nichts geschrieben. Drei Monate. Es muss viel länger sein. Aber nach dem Kalender sind es drei Monate.

Ich las gestern die ganze Nacht in dieser meiner Lebensgeschichte, denn schließlich ist es doch meine Lebensgeschichte, wenn auch noch so viel von Grete, Ulla und Anette darin steht. Ich wurde ruhig, zum ersten Mal ruhig seit dem 13. Mai und seit jener Nacht.

Erst war ich entschlossen gewesen, überhaupt nichts mehr zu schreiben. Es hilft ja doch nichts, dieses Gekritzel. Wenn es helfen könnte, dann wäre das alles nicht geschehen.

Aber wie ich gestern so ganz allein war, furchtbar allein, es war Nacht, das Fenster stand offen, nicht einmal die Fremde tauchte unter den Scheiben hervor, eigentlich war das Zimmer leer, ganz leer, kein Mensch war herin, kein Atem und keine Seele, kein Schmerz und keine Sehnsucht, es war wirklich einfach niemand in meinem Zimmer – ein Einbrecher hätte ruhig alles forttragen können – Da holte ich die Ledermappe wieder hervor, diese lächerliche Ledermappe mit den eingepressten Rosen und Vergissmeinnicht und den Liebesbriefen des Herrn Zaunegger, ich hatte alles zusammengesteckt, diese Briefe, und diese Notizen, diese Aufzeichnungen, diese Beweise meiner Erlebnisse ......

Es steht ja auch so viel von Onkel Max drin. Ich hatte es vor drei Monaten schon verbrennen wollen. Aber das hätte sehr weh getan.

Nun will ich weiter schreiben. Vielleicht hilft es, und jedenfalls, was kann es schon schaden?

Ich machte also bei der Matura halt und bei jener Reise nach dem Süden, als ein Mann, ein Matrose, vielleicht war es auch ein Bettler, wie ein Hund über die Straße kroch und am Abend darauf –

Dann aber kommt plötzlich der 13. Mai, Gretes Sohn, ja, Gretes Sohn, Axels Sohn.

Ich glaube, ich werde doch erst von diesem Sommer schreiben. Steht etwas auf dem Papier, so wird man es am ehesten los. Ich erinnere mich auch gar nicht recht, was nach dieser einsamen Italienreise vor sich ging. Ulla hatte ihr erstes Jahr Medizin, Leichenschneiden und schlüpfrige Witze von hemdärmeligen Studenten, und Anette war bei der gewissen Bildhauerin, nein doch, zuerst in dem Wäschesalon –

Aber das alles kann ich genauso gut auch später schreiben. Es eilt ja nicht. Nun ist das Kind einmal da, schreit, strampelt, wächst, trinkt Milch aus Gretes durchscheinenden Brüsten, bekommt Brauen, Blick und Gesicht – Es hat keinen Sinn, dass ich da viel herumrede, schließlich fürchte ich mich doch nicht, und eigentlich war es gar nicht ich, also das weiß ich, das kann ich beschwören, es war nicht ich, nicht ich hatte diese erstickende grausame Furcht ihn zu verlieren, warum sollte ich auch – und wenn tausendmal die Fremde im Spiegel über dem Sofa schwebte –

Grete allein ist schuld daran. Ich würde es ihr ins Gesicht sagen, wenn sie es nicht ohnehin schon wüsste. Und Ulla ist schuld mit ihrer verdammten Gewissenlosigkeit, ihren Prinzipien von freier Kameradschaft, und Anette mit ihren verzwickten Augen, ihren erbsengrünen Seidenhemden.

Unschuldig ist nur die Fremde. Denn sie ist die Einzige, die Axel nicht liebt.

Übrigens, wenn ich die ganze Geschichte hier niederschreibe, dann wird sich ja herausstellen, wer es gewesen ist, dann wird alles klar werden, gesichtet und gerichtet – ein paar Seiten noch und ich schreibe ruhig von mir, von meinem Leben, meinen Plänen und meinen Absichten, ich schreibe weiter von Papa und Mama, von der Universität, den Vorlesungen, der Blinddarmentzündung im zweiten Jahr, von der Bibliothek und von Herrn Zaunegger.

Herrgott, wenn das nur nicht so langweilig wäre!

Am 13. Mai, abends um halb acht –

Also, natürlich, Grete ist an allem schuld. Wer kommt denn heutzutage noch auf die abgeschmackte Idee zuhause ein Kind zu gebären –!

Das tut man nicht, das ist unanständig, sagt Ulla. Sie, Ulla, sie ginge natürlich auf eine Klinik mit Kreißzimmer und Operationssaal und weißen Schwestern, und Anette, die würde vielleicht auch unter einer Eisenbahnbrücke gebären, im Straßengraben, wenn es sich so träfe, aber doch nicht im eigenen Bett, Tür an Tür neben dem Wohnzimmer, und das alles nur, weil es so schöner ist.

Ja schöner!

Am 13. Mai rief ich abends bei Grete an. Warum, weiß ich heute nicht mehr und wahrscheinlich war es ganz was Überflüssiges. Ich rief an und verlangte den Herrn Professor zu sprechen – damals sagte ich noch Herr Professor – und eine fremde aufgeregte Stimme antwortete.

Erst später wurde mir klar, dass das Ulla gewesen sein musste.

Also jetzt! Ich sah hinaus zu den hohen gewölbten Bogenfenstern der Bibliothek, die fernen Türme der Stadt schwammen in schwefelgelbem Dunst, über die Gitter der Parks strömte Goldregen – und ich sah Grete zart und unberührbar auf der Schulbank vor mir sitzen, ein sanfter Hauch wehte durch den goldigen Flaum ihres Nackens, englische Stoffe trug sie, war behütet von einem schönen starken Vater, um jetzt, jetzt, schmerzgebläht in seelenlosem Stöhnen ein Kind, ein dummes Kind, ein Bündel rotes Menschenfleisch in die Welt zu werfen.

Selbstverständlich ging ich zu Grete. Warum ging ich eigentlich zu ihr? Die Straßenbahnen klingelten aufgeregt. Beinahe hätte mich ein Lastauto überfahren. Nein, Onkel Max hätte Grete nie mit seinen haarigen Händen berühren dürfen.

Alle Straßen öffneten sich. Aus den Häusern strömten Menschen, Hunde, Frauen lehnten sich zu allen Fenstern hinaus. Grete, Grete, um Gotteswillen Grete!

Ich schwöre es, ich schwöre es bei allem, was mir heilig ist – aber ist mir denn überhaupt noch etwas heilig? – nun ich schwöre es jedenfalls: Als ich an jenem Abend zu Grete ging, dachte ich nur an sie, an sie allein.

Wer weiß, ob es nicht besser gewesen wäre, ich hätte nicht so sehr an sie gedacht.

Als ich aber das Haus betrat, die kühle, selbstbewusste Villa mit dem rasierten Vorgärtchen, da spürte ich etwas mir gänzlich Fremdes, etwas, das nichts mit Grete zu tun hatte. Etwas Feindseliges.

Jemand trug weiße Leintücher an mir vorbei, Ulla hatte einen weißen Mantel, eine Frau in riesiger weißer Schürze gab Befehle, weißer Äther drang durch die dichten weißen Wände und weißes Stöhnen – Ich sah Gretes Vater beinahe verschwimmend in weißem Nebel, er reichte mir die Hand. Mir war, als würden die Beine mir unter den Knien abgesägt – Gretes Mutter – ein ferner Friedhof voll Tulpen und Hyazinthen – Nun lag die Tochter, das Mädchen, das zarte goldene Mädchen krank und jammernd in einem fremden Bett – Ein Stöhnen, ein Schreien, ein Brüllen –

Grete brüllte!

Da muss ich den Verstand verloren haben. Türen wurden zugeschlagen. Das ganze Haus, die vernünftigen Wände mit den gewählten Bildern, den hohen Kachelöfen, war durchzogen von zitternden roten Adern. Ich legte die Hände an die Ohren, rannte einen Korridor entlang, stieß gegen etwas Knochiges, sah in ein entsetzensblasses Gesicht, Axel – Ich aber lief an ihm vorbei auf die Straße hinaus, deren plötzliches Dunkel mir die Ohren verstopfte, lief vorbei an einem Mädchen mit hohen Stöckeln.

Das war eine Feigheit, natürlich war es eine Feigheit, aber wenn ich in jenem Haus geblieben wäre – ich hätte auch gebrüllt.

So war ich allein in meinen vier Wänden, ich rannte hin und her, einmal riss ich sogar den Spiegel von der Wand, ich suchte die Fremde – und ich sah vor mir ein totes schmerzverzerrtes Gesicht, wie ich es noch nie gesehen hatte, die Lippen auseinandergerissen in einer Qual, die auch ein Lächeln sein konnte. Aber kein menschliches Lächeln.

Dann fiel ich in stickigen Schlaf.

Am nächsten Tag suchte Ulla mich in der Bibliothek auf, um mir mitzuteilen, dass Grete einen Sohn geboren hatte.

Ich nickte nur. Ich merkte, dass unter Ullas Augen große Ringe lagen. Sie hatte bei der Geburt assistiert. – Es ging schwer, aber normal, sagte sie. Ich blickte auf ihre Hände. Immer noch hatte sie die porzellanweißen klugen Gelenke, aber die Finger waren lang und grob und rot. Arbeitshände.

Gerade deshalb hatte sie eine so wunderbar gepflegte Haut, eine Haut, die ihre harten Züge weich erscheinen ließ und geschmeidig. Creme und Puder.

– Ja ja, sagte ich, ich komme heute Abend oder morgen.

Ich ging nachhause, machte noch die gewisse Eintragung in meine Notizen: 13. 5. Heute Nacht hat Grete einen Sohn geboren. Und dann konnte ich drei Monate nicht mehr schreiben.

Denn nun geschah das Furchtbare, das Verbrechen. Wirklich Verbrechen? Kann das Selbstverständliche Verbrechen sein?

Und vor allem: War es denn ich? Wenn jemand kommen könnte und mir das beweisen, vielleicht die Fremde, wenn die Fremde mir beweisen könnte, dass ich es war, ich, die ich von Papa und Mama als Kind in allen Winkeln vergessen wurde, ich, die ich Onkel Max liebte, ich, die ich die Horky verriet, einmal, wann –

Oh Gott, nun verschwimmt schon wieder alles. Und

es fällt mir ein, dass ich ihn heute an den Brief an die amerikanische Universität hätte erinnern sollen. Wie kann man nur so etwas Wichtiges vergessen!

Aber zurück zu jener Nacht. Das alles sind wohl Ausflüchte. Hier wird es stehen schwarz auf weiß. Und dann werde ich wissen, dass ich, ich, eine gemeine Person bin, ein Vampyr, eine Diebin, vielleicht auch bald eine Mörderin.

Nun, wenn schon, dann will ich es wenigstens auch selber wissen.

Zwei Tage nach dem 13. Mai ging ich endlich zu Grete. Ich hatte das Kind noch nicht gesehen. Es war ziemlich spät, ungefähr acht Uhr. Aber schließlich, ich habe doch meine Arbeit, ich muss doch in der Bibliothek sein, ich kann doch nicht tagsüber herumlaufen und Wöchnerinnenbesuche machen.

Die weiße Villa war so still, so tot, wie es nur nach einem ganz furchtbaren Lärm möglich ist. Es regnete lau und leise.

Ein Mädchen in weißer Pflegerinnenschürze legte strenge den Finger an die Lippen. Grete schlief. Das Mädchen wies mit der Hand nach einer Tür. Ich ging hinein. Es war Axels Arbeitszimmer.

Herrgott, nun kannte ich Axel ja schon lange. Er hatte mir immer gefallen, natürlich, ich hatte mich ja von ihm küssen lassen, er war stark, blond, überlegen und oft auch ein bisschen gleichgültig gewesen.

Heute aber, heute schien er mir ganz anders. Er saß allein in seinem großen Klubsessel, er war blass, vielleicht war er krank, er war traurig und er war hungrig.

Ja, hungrig, das war es. Als er mich ansah mit seinen kleinen, hellen verhungerten Augen, ein unglücklicher Knabe, da – da lief ich zuallererst in die Küche. Von den Mädchen war niemand zu sehen. Oh, es ist eine herrliche Küche, blitzblank mit blauen Streifen, und ich fand gleich alles, was wir brauchten, kalte Eier und etwas Salat. Butter und Käse und einen Teller Kirschen. Er war sehr froh. Besonders über die Kirschen. Wir spuckten die Kerne in einen Teller.

Vielleicht wäre alles anders gekommen, wenn er nicht von Ulla gesprochen hätte. Wie tüchtig sie sei, wie beruhigend sie gewirkt hätte gestern in all dem Trubel – und – Seine hellen unruhigen Augen sahen mich an, an mir vorbei, durch mich hindurch, zum Fenster hinaus, und da packte mich die sinnlose, die törichte, die grausame, die zerreißende Angst, ihn zu verlieren.

Denn wenn er jetzt fortginge, fort von mir, er würde Ulla aufsuchen in ihrem stillen kühlen Zimmer auf der Klinik, wenn er nicht auf der Straße haltmachte, um Anette zu begleiten, ach was, Anette, irgend eine Anette.

Seine Augen waren so hungrig. Und plötzlich drang durch die schlaftote Stille des Hauses ein jämmerliches Winseln wie von einem nackten winzigen Tier.

Ich kann nicht, ich kann nicht schreiben, was gewesen ist. Das glaubt mir kein Mensch, niemand, und am schlimmsten ist, ich glaube es mir selber nicht.

Ich weiß nur, dass plötzlich alles ganz anders wurde, der Stuhl neben mir, der Schreibtisch mit der vernünftigen Glaslampe. Als würden weiße Tücher darüber gebreitet, stille Laken. Es roch nach weißen abgetrennten Hyazinthenblüten, und ich war furchtbar traurig und ich hatte Angst. Aber ich sah, dass Axel hungrig war, und da lächelte ich und senkte den Kopf, zart und sanft senkte ich den Kopf und mir war, als kräuselte sich auf meinem Nacken rosiger Flaum.

Zum Fenster herein strömte tiefblaue Rivieraluft. Neben mir auf dem Stuhl lag ein weißes, ein rieselnd-weißes seidenes Hemd. Es war mir furchtbar, dass er einen Bart hatte, er war zwar herrlich rasiert, aber er hatte doch einen Bart, und als er mich auf den Mund küsste, hätte ich am liebsten geschrien: Vater, Vater!

Aber ich tat es nicht, denn das Zimmer war voll Weihrauch, Kerzen brannten, unzählige Kerzen, fremde Worte, Murmeln, roter Wein und Champagnergläser – Vater, Vater!

Oh ich hatte wahnsinnige Schmerzen. Mir war, als würde eine unsägliche Kostbarkeit weggeschenkt, verschleudert und vernichtet.

Frauen wie Grete sollten nicht heiraten. Sie sollten in ein Kloster gehen, als Himmelsjungfrauen ausgehauen werden und in weißem Stein auf flimmernden Altären stehen.

Dies schrieb ich vor zwei Tagen. Nachher war ich so müde, dass ich mit dem Bleistift in der Hand ins Bett fiel. Als ich es am nächsten Abend las, kam es mir ekelhaft vor und verlogen. Heute nahm ich es nur mit Widerwillen in die Hand. Aber es ist gar nicht verlogen.

Es ist wahr. Diese Brautnacht, in der er mich nahm wie ein zartes, kostbares und ganz, ganz fremdes Mädchen, ist wahr. Herrgott, warum glaubt mir denn niemand, dass es nach Hyazinthen roch, dass eine fremde blaue Luft in Sternen schwamm.

Es ist natürlich auch wahr – oder vielleicht nicht? – dass ich, die Bibliothekarin mit Alterspension etc. etc. mit meinem Kollegen, dem Herrn Oberbibliothekar Max Zaunegger schon einmal einen ganzen Frühling ein – wie sagt man doch – Verhältnis hatte. Verhältnis – übrigens ein scheußliches Wort.

Ich werde davon auch noch schreiben, natürlich, selbstverständlich. Hoffentlich schlafe ich dann nicht ein über dem Papier.

Und es ist natürlich auch wahr, dass ich in fröstelnder Dämmerung plötzlich in meinen Kleidern auf einem fremden und befleckten Sofa erwachte. In meinen Kleidern – oh, das war hässlich! Und Ulla sagt, wir Frauen brauchen dabei immer etwas Schönes. Sie sagt sogar:

Wir armen Frauen brauchen dabei immer etwas Schönes. Wir armen Frauen?

Grete ist nicht arm. Also, das ist ein Unsinn, sich so was nur vorzustellen. Und Grete war auch nicht arm, als sie sanft und süß und nahe und unendlich entrückt vor mir in der Schulbank saß, sie war nicht einmal arm, als ihre liebe gütige Mutter gestorben war und sie mit ihrem Vater die Friedhofsschwelle überschritt, denn sie wusste immer und allezeit genau, wie schön sie war, wie man sich sehnte, sie zu besitzen. Ach diese Sehnsucht! Doktor Alexander strömte diese Sehnsucht aus, wenn er in die Klasse trat und Grete aufrief, obwohl er wusste, dass sie gar nicht da war. Grete hatte seit jeher so was Badendes in ihren Bewegungen, als legte sie sich hinein in die Gefühle der andern, der Männer. Das war schon immer so gewesen. Aber am schlimmsten oder am schönsten wurde es in Gera, Gera oder Gießen oder Göttingen, wie hieß es doch, irgend eine kleine Universitätsstadt war es. Ihr Vater war dorthin versetzt worden, knapp nach unserer Matura, und Grete zog mit ihm nach – nun, sagen wir nach G.

G. – da war ja auch das Mädchen G. E. Aber das hat damit gar nichts zu tun.

Grete schickte mir ein paar Wochen, nachdem sie übersiedelt waren, eine Ansichtskarte aus G. Grete schrieb überhaupt immer Ansichtskarten, das tut sie auch jetzt noch, gestern kam erst wieder so eine Karte mit grünem Wald: Nun kommen wir endgültig Ende der Woche. Der Kleine ist wohl. Mir geht es gut.

Endgültig! Ja, da ist nichts zu machen, Fräulein Bibliothekarin. Sie können doch nicht ewig im Bett, nein im Ehebett einer andern liegen, ihr Lächeln lächeln, ihre Freuden, ihre Schauer teilen, aber immer lächeln, trotz alldem lächeln, und sich physikalische Experimente erklären lassen, ohne ein Wort davon zu verstehen.

Also, Grete schickte mir eine Ansichtskarte aus G., das sind nun wie gesagt, ein paar Jahre her, ich studierte damals mein erstes Semester Geschichte und diese Ansichtskarte war – nun so wie alle Ansichtskarten eigentlich sind. Eine Straße mit Bäumen, mit allerdings sehr viel Bäumen, und irgendwo im Himmel schwebend ein spitzer Turm.

In einer Nebenstraße dieser Hauptstraße, durch die sogar eine Straßenbahn klingelte, lag das Haus des Professors. Es war kein großes Haus mit keinem großen Garten, aber trotzdem war es ein blasses Schloss mit hohen Fenstern und der gestriegelte Rasen mit den Rotbuchen war ein Park.

Es roch nach faulen Blättern, aufgesprungenen Rosskastanien, als Grete mit ihrem Vater einzog. Sie stand im Reisemantel und ohne Hut in der Oktobersonne und gab Befehle, wie die Kisten ausgepackt werden sollten. Das Haar kräuselte sich im Nacken, sie sprach leise mit ihrer heiseren Stimme, aber alle die Packer hörten auf sie. Hinter dem Stacket zogen ein paar Studenten vorbei, der Professor riss im ersten Stock ein Fenster auf, sein silberner Scheitel beugte sich heraus, und über alle Zäune guckten Dienstmädchen und Nachbardamen.

Am Abend brannte im großen Kamin das Feuer. Der Tisch war gedeckt mit den silbernen Bestecken, die alle noch das Monogramm von Gretes Mutter trugen.

Es war ein gedecktes Leben in einer geschützten Stadt unter gesicherten Menschen. Ein Leben wie ein sanftes Zusammenlegspiel.

Mein Leben war nie gedeckt, geschützt, gesichert gewesen. Auch nicht, als Papa ein wohlhabender Bankier war und Mama mit Bea in Gesellschaften ging. Denn da war die Horky mit ihren groben Händen, die in unserer Herrschaftsküche herumtrampelte wie in einem tschechischen Stall, und Onkel Max, von dem man nie wusste, wann er verschwinden würde, vielleicht nach Amerika, vielleicht nach Indien, vielleicht auch nur in eine fremde Wohnung. Und dann war Ulla mit dem Ledersofa in dem Operationszimmer des Vaters (ich bin überzeugt, sie hat jetzt eine sandfarbene Daunendecke auf ihrem Zimmer im Spital) und Anette mit ihren frechen Fingern, dem roten Kunstseidevorhang im Frisiersalon – gar nicht zu reden von den Weibern am Markt, den Mädchen an den Straßenecken, den blaukitteligen Frauen in den Spitälern.

Drei Monate habe ich an das alles nicht mehr gedacht. Drei Monate war ich sicher und beruhigt. Drei Monate wusste ich, dass ich nur zu lächeln brauchte, zu lächeln mit breiten durchscheinenden Zähnen, und Axel kam aus dem Nebenzimmer wie gezogen an silbernen Drähten.

Gestern aber zerbrach ich eine Teetasse, eine von den kostbaren, blätterfeinen mit kobaltblauem Rand. Axel war sehr ärgerlich. Und im Spiegel stand verstört mit irrem Blick die Fremde.

Es war das erste Mal, dass in einem von Gretes Spiegeln die Fremde stand. Grete kommt Ende der Woche.

Heute brachte der Herr Zaunegger mir Blumen. Zum ersten Mal seit vorigem Frühling. Chrysanthemen, die aussehen wie gelbe Krautköpfe.

Ach die Blumen in G.! Eigentlich ist G. eine Gartenstadt. Rosen vor jedem Haus, Rosenbeete vor der Universität, Rosen in allen Vasen, Rosen unten in der Hall in einem opalschimmernden Glas, Rosen im Juni, strahlend, leuchtendleuchtend, wärmespendend, Rosen im nebelweißen November hinter Stacketen mit rotem Wein.

Natürlich bekam Grete von allen Rosen, von den Studenten, mit denen sie leicht und kühl auf den großen Bällen tanzte, von den ausländischen Gelehrten, die ihren Vater besuchten, von kleinen Mädchen, die für sie schwärmten. Die ganze Stadt kannte sie ja, beim Kaufmann und in Frau Schultzes Frisiersalon sprach man von nichts lieber als von der neuen Stadtschönheit.

Eines Tages würde dann einer kommen, irgend einer

von den Dozenten oder Professoren, noch jung und kräftig, mit breiten Schultern, gutem Gehalt, sie zu sich holen in ein stilles Haus, Küche weiß mit blauen Streifen, gewählte Bilder, Klubsessel, verhängte Lampen und eine vernünftige Nurse. Es würde auch noch ein bisschen Schmerz dazukommen. Grauen und Ablehnung, aber doch wieder Sehnsucht, wenn die Abende lang wurden und das Zimmer leer ....

Von allen Verehrern Gretes – Verehrer ist ein Stubenmädchenwort, sagt Ulla – von allen Freunden also – nein, Freunde hat Anette, und die zahlen Champagner und flaumige Pelze – sagen wir denn, von allen den Männern, die die Villa des Professors umschnüffelten, neugierig und bedächtig zugleich, mochte Grete den Privatdozenten mit der hohen Stirn, der kranken Frau und den vielen kleinen Kindern am besten leiden. Er hatte ein ganz besonderes Fach, chinesische Philosophie oder persische oder sonst was Ausgefallenes, und er war ein feiner Mensch, zurückhaltend und mit Gefühl. Man konnte sicher sein vor Händedruck und heißem Atem, vor plötzlichen Anträgen, denn er war ja verheiratet. Bei ihm zuhause roch es nach nassen Windeln und roten Flanellhöschen, die Kinder naschten Zucker vom Kaffeetisch, das Mädchen rannte in einer verdächtig sauberen Schürze durch die Zimmer und die Frau des Hauses saß in einen wollenen Schal gehüllt in einem Lehnstuhl, eben aufgestanden zu Ehren von Fräulein Gretchen – sie sagte Gretchen, das hatte sie von ihrem Mann gelernt.

Sie hatte hängende Augen, hängende Brüste und, wenn sie nicht eben sprach, ein hängendes Kinn.

Natürlich war es Grete nicht angenehm, dass ihretwegen das ganze Haus auf den Kopf gestellt wurde, dass man Kuchen vom Konditor und Zigaretten aus dem Café gegenüber holte, dass das Mädchen abends gekündigt wurde, weil die Milch überkocht war, und die Kinder mit Klapsen und Schelten ins Bett geschickt werden mussten. Sie bedauerte den Mann sogar ein wenig, wenn er sie durch die gepflegten Villenstraßen nachhause begleitete, sie hatte Lust, ihn mit sich zu nehmen, in ein stilles Zimmer zu legen und seine Stirn zu streicheln. Er hatte immer so fransige Krawatten.

Ich kann es nicht vertragen, dass Axel nun, da es kalt wird, Wollleibchen unter den Hemden trägt. Er tat das auch schon im Sommer, wenn es regnete.

Eigentlich erinnerte der Privatdozent an jenen Assistenten, der Grete einmal an einem Sonntagvormittag auf den Nacken geküsst hatte. Es war ein glitschiger Kuss gewesen, sehr unangenehm, und dann hatte sie ihn nie mehr wieder gesehen. Schade!

Diesmal wollte sie vorsichtiger sein. Wozu den Menschen wehe tun? Nein, Grete war gut, sie wollte niemand verletzen. Und sie schenkte dem Privatdozenten mit dem ausgefallenen Fach lange Nachmittage bei seiner kranken Frau, den viel zu vielen Kindern.

Und sie hätte nie erfahren, dass sie in jenen sanften Stunden gehasst worden war wie eine böse und hinterlistige Schlange, dass sie in den darauf folgenden Nächten, Nächten, die sie sich nicht vorstellen konnte, denn was wussten wir schon von Ehe, ach Grete, was wussten wir von Ehe, von Liebe ja vielleicht, aber doch nicht von Ehe – dass sie in jenen Nächten der Gegenstand giftigen Gezänkes war. Sie hätte es nie erfahren, wenn die Geschichte mit dem Jungen nicht gewesen wäre.

Eigentlich war er ein dummer Junge. Es ist hässlich, über einen Toten so was zu sagen und noch dazu in diesem Fall. Auch war es gar nicht Liebe, sondern bestimmt Eitelkeit. Aber wer weiß das nachher. Und jedenfalls, es war nicht gut für Gretes Ruf, die Leute taten ihr Unrecht, und dann noch der Heiratsantrag des Dozenten, der Heiratsantrag eines verheirateten Mannes! Gar nicht zu reden von dem italienischen Grafen.

Da kam Axel als Retter und sofort war alles gut. Axel!

Ich muss an einen verrückten Tag heuer im Sommer denken. Erst gab es Unannehmlichkeiten in der Bibliothek und in der Straßenbahn war es so heiß, dass man an den Sitzen festklebte, dem Schaffner rann der Schweiß in einem dünnen salzigen Streifen über die Uniform, er gab mir eine nasse Karte, die Mauer gegenüber blendete, etwas Großes, Schwarzes rannte in uns hinein, ein Ungeheuer, Krachen und Splittern –

Nein, mir war nichts geschehen, nur eine Schnittwunde am linken Zeigefinger, Weiber kreischten, die Pfiffe der Rettungsgesellschaft –

Ich lief und lief, mir war ja nichts geschehen, aber ich hatte das Gefühl, als läge Grete zermalmt unter den Scherben des Automobils, das in uns hineingefahren war.

Axel jedoch kam mir schon auf der Treppe entgegen, er führte mich in sein kellerkühles Arbeitszimmer, verband mir die Hand, brachte mir Limonade und alles wurde gut und fest und sicher. Er schob mir das Kopfkissen aus seinem Bett unter den Nacken, und da lag ich nun und war ganz ruhig.

Aber ich wollte von dem Jungen erzählen. Er hieß Hans Jürgen und hatte einen Schmiss quer über die Wange. Das hatten übrigens alle in G. Und er war der Sohn der Geheimrätin, der Witwe eines ehemaligen Rektors. Sie war tonangebend in der kleinen Stadt, führte einen geistigen Salon, sprach viel von Kunst, hatte einen falschen weißen Riesenschopf und nahm sich Gretes an. Ein mutterloses junges Mädchen!

Und Hans Jürgen verliebte sich in Grete, das war ganz natürlich. Er verliebte sich ein wenig mehr als die andern, aber das konnte Grete nicht wissen, wirklich nicht. Er hatte ein rosiges Kindergesicht mit verschwommenen Augen, ein hübsches Gesicht, eigentlich zu hübsch für so einen Jungen. Und weil er so hübsch und zart war, wurde er der beste Boxer, machte er die wildesten

Autofahrten. Ach, er war wirklich ein dummer Junge. Und Grete mochte ihn gut leiden. Daraus kann man ihr schließlich keinen Vorwurf machen. Man kann ihr überhaupt keinen Vorwurf machen, dass die Männer sich in sie verliebten. Hätte sie ihnen nachlaufen sollen wie die andern Mädchen. Dann natürlich wäre sie alle los geworden. Sie hätte den Privatdozenten nur einmal ansehen müssen, so von der Seite her – er wäre noch in derselben Nacht zu seiner Frau zurückgekehrt. Aber das tat sie nicht. Nie.

Und deshalb wollten alle sie besitzen.

Dann kam die unsinnige Geschichte mit der Wette. Nein, die Geheimrätin hat es nie erfahren, darf es auch nie erfahren. Sie glaubt, es sei die reine Leidenschaft eines verblendeten jungen Menschen gewesen, und das war es natürlich auch, nur schade, dass diese Wette dazukam.

Es war Johannisfest und das wurde in G. immer mit Umzügen und Feuern auf den Hügeln und einem großen Ball gefeiert. Die Studenten marschierten vor die Stadt, setzten sich dort in allen Wirtshäusern fest, getrunken wurde auch – aber davon darf man schon gar nie etwas zu der Geheimrätin sagen. Sie geht seit damals in tiefer Trauer, trägt ein schwarzes Häubchen auf dem weißen Schopf.

Alle Rosen dufteten in G. Das war natürlich auch was Berauschendes. Auf den welligen Anhöhen ringsum loderten die Feuer, Gitarren klimperten, Mädchenstimmen, weiße Kleider, süße weiße Kleider.

Nie war Grete so schön wie in jener Nacht. Ihre Augen brannten, ihr Mund quoll auf, war etwas zu groß, etwas zu rot –

Nein, das darf ich nicht schreiben. Das ist Verrat. Kein Mensch darf es wissen. Niemand. Frauen wie Grete sprechen nicht, sprechen nie, und wenn man ihnen das Herz aus dem Leibe reißt.

Ich kann ja nichts dafür, aber da war ein Mann auf diesem Ball, ein Fremder, groß und dunkel und biegsam, ein Italiener, ein Graf, der Mund ein feiner verbissener Strich, bräunliche Wangen.

Er tanzte wie noch nie ein Mann mit Grete getanzt hatte, er tanzte wie ein geschmeidiges südliches Tier.

Axel war nicht da, war verreist an diesem Tag.

Er aber zog Grete in eine Ecke hinter Girlanden mit Papierröschen, er beugte ihren Kopf nach hinten, vielleicht war es auch noch im Tanz, und küsste sie –

Es war nur ein Kuss, aber davon darf kein Mensch erfahren, denn der schmale Strich seiner Lippen öffnete sich, sanfte, zarte, etwas faule Blütenblätter, dazu noch der Griff brutaler Finger.

Natürlich stieß sie ihn zurück, so was ist bei Grete ja selbstverständlich – aber nicht gleich.

Denn Grete sagt es nicht und Grete will es nicht und Grete gesteht es nicht und Grete weiß es nicht, ahnt es nicht, dass sie diesen Mann geliebt hat. Dass er der Einzige war, der sie auf den Mund küssen durfte.

In derselben Nacht verschwanden verschiedene Wertgegenstände aus der Gesellschaft und tags darauf war der italienische Graf verschwunden. Es stellte sich heraus, dass er ein Eintänzer aus einem der umliegenden Kurorte gewesen war, kein Graf, vielleicht auch gar kein Italiener.

Man hat ihn nie erwischt. Gottseidank!

Darf man das schreiben? Darf man so etwas niederschreiben? Frauen wie Grete ersticken an ihrem ungelebten Leben und lächeln dazu.

Ich lächle auch, wenn Axel mich auf den Mund küsst, obwohl ich das nicht leiden kann. Dem Herrn Zaunegger hatte ich es einfach verboten.

Hans Jürgen, dieser dumme Junge, wollte Grete nicht auf den Mund küssen. Er wollte was viel Einfacheres. Er wollte sie mit seinem neuen Chrysler entführen, auf den Hügel bringen, wo er mit seinen Kameraden das größte Feuer der Stadt hatte, selbstverständlich das größte Feuer und genau um Mitternacht.

Es war eine Wette, sonst wäre es dem Privatdozenten nicht zu Ohren gekommen, und Hans Jürgen roch ein wenig nach Wein aus dem Mund, als er Grete mitten während des Balls plötzlich vorschlug, seinen neuen Chrysler zu besichtigen, und Grete hätte es auch getan, aber da trat plötzlich der Privatdozent dazwischen und wurde heftig. Grete war ja so schön, so zitternd schön in jener Nacht, und Hans Jürgen wurde grob, sehr grob, und der Privatdozent gab ihm eine Ohrfeige und Hans

Jürgen wollte sich auf ihn stürzen, aber Grete stellte sich vor ihn, sie dachte plötzlich an die kranke Frau und an die vielen Kinder.

Hans Jürgen raste in seinem Chrysler zum Feuer auf dem Hügel, dem größten und herrlichsten Feuer, neunzig Kilometer Geschwindigkeit, und als er halt machte, jagte er sich eine Kugel durch den Kopf.

In G. spricht man noch heute von der Geschichte. Hans Jürgen wurde mit allen Ehren zu Grabe getragen. Eine Ehrenaffäre nannte man das Ganze. Ehre?

Ulla sagt, Ehre sei eine Erfindung der Bourgeoisie. Axel hat auch Ehre, er würde sich nie und niemals eine Ohrfeige gefallen lassen. Wenn er stirbt, so steht sein Name in der Zeitung, so wie er jetzt bei allen Kongressen steht. Auf Axel kann man sich verlassen. Als ich unlängst das Mädchen mit der Telefonrechnung nicht rechtzeitig zur Post schickte, war er ernstlich böse.

Er liebt Ordnung in allen Dingen. Es war kolossal anständig von ihm, dass er nach jenem unglückseligen Johannistag um Gretes Hand anhielt. War sie einmal seine Braut, so wagte niemand an ihr zu zweifeln.

Die alte Geheimrätin schrieb ihr sogar einen wunderschönen und rührenden Brief. Grete hatte ihn wirklich und wahrhaftig niemandem gezeigt, aber ganz G. sprach davon.

Ganz G. sprach auch von dem Heiratsantrag des Privatdozenten. Es ist unbegreiflich, wie alle Dinge in so einer kleinen Stadt herumgesprochen werden.

Der unglückselige Mensch erschien plötzlich an einem verregneten Vormittag mit einem Zylinder – also weiß Gott, er trug einen Zylinder, Grete musste, als sie ihn sah, sofort an ein Leichenbegängnis denken – und hielt um Gretes Hand an. Grete trug ein dunkelblaues Kleid und sah ihn an mit nassen und entsetzten Augen. Dann blickte sie zum Fenster hinaus. Der Rasen war mit einem Mal so klein geworden, von den Rotbuchen troff braunes Nass. Eigentlich war es ein einfaches Haus, in dem sie wohnte, eine gewöhnliche Villa, wie man sie in allen deutschen Universitätsstädten findet. Durch den Park – es war ja kein Park – durch den Garten ging mit gesenktem Kopf eine magere Frau, spannte eine Wäscheleine, hing Windeln auf, rote Flanellhöschen, sie bückte sich, goldiger Flaum im faltigen Nacken. Das war doch nicht sie, nein, nein, das war bestimmt nicht sie.

Grete schüttelte den Kopf. Der Privatdozent fiel in die Knie. Wie lächerlich! So was war auch nur in einer Kleinstadt möglich. Er sprach von seiner Frau, von nebeneinanderstehenden Ehebetten, Flüchen und Schwüren, von dem Hass der Kranken gegen das schöne und gesunde Mädchen, von nächtlichen Szenen, giftigem Gezänke – alles, alles wegen seiner Liebe zu ihr.

Der Herr Zaunegger hatte mir auch einmal in jenem Frühling, als wir zusammen jede Woche über den Sonntag ins Gebirge fuhren, die furchtbarsten Vorwürfe gemacht, weil – also, das habe ich ganz vergessen. Es war wohl jemand in der Bahn oder in einem Wartesaal oder in dem überladenen Autobus. Goldene Brillen hatte er und Bergfarbe und erinnerte an Doktor Alexander, vielleicht auch an Axel – ob ich mit ihm gesprochen habe, weiß ich nicht mehr. Kann sein, dass das die Ursache war. Jedenfalls saß der Herr Zaunegger abends höchst aufgeregt in seinem Bett. Es war ein graues Bett, graue Laken und eine stickige rote Steppdecke, in der einen Waschschüssel ein bisschen graues Wasser mit Seifenschaum –

Es war furchtbar. Grete wusste nicht, was tun. Ein Glück, dass ihr Vater plötzlich zur Tür hereinkam und der Geschichte ein Ende machte. Der Garten unten schien dunkel und struppig wie vor einem verlassenen Bahnwärterhaus.

Und wie herrlich war es, als Axel tags darauf plötzlich blond und vergnügt unten in der Hall stand. Die Sonne zuckte durch Regenwolken, er trug keinen Zylinder, ach wo, er kam in seinem Arbeitsanzug und hatte sogar einen kleinwinzigen Tintenfleck am Mittelfinger.

Ich darf nicht vergessen, morgen seine Füllfeder aus der Reparatur zu holen. Donnerstag kommt Grete. Donnerstag – das ist übermorgen. Grete und die Nurse und das Kind.

Und Axel sprach mit Gretes Vater, so leicht und nebenbei sprach er von der Hochzeit, wie man von einem Sommerurlaub spricht. Gegen Abend ging er mit ihr über den Rasen vor dem Haus, der Villa, dem Schloss, und der Rasen weitete sich, stieg an wie weicher Samt. Die Rotbuchen glühten im Sonnenuntergang, Gänseblümchen und goldene Fenster – Da legte Axel den Arm um mich und alles wurde weich und weiß, das rieselnde Hemd, Kerzen voll Weihrauch, Champagnerschaum, Blüten und Schleier, nur die Luft war blau, tiefblaue Rivieraluft.

Er hätte mich nicht auf den Mund küssen sollen. Seine Lippen schmeckten nach Blut.

Ja, ich weiß, man sollte ihn küssen können, so wie Ulla küsst, wie Frauen küssen, die es gelernt haben, denn auch küssen lässt sich lernen. Ulla hat viel gelernt, hat alles gelernt, sie spricht mit ihm von seinen Experimenten und rümpft dabei sogar manchmal die Nase. Diese Nase ist immer etwas zu stark gepudert. Als Kind bekam Ulla im Frühling Sommersprossen.

Also dieser Herr Zaunegger ist wirklich unverschämt. Was will er nur mit seinen gelben Krautköpfen. Bildet sich ein, dass das Chrysanthemen sind. Ich kann nicht leben ohne Axel. Ich kann es nicht. Will man mir denn die Beine abschneiden? Wie soll ich – auch nur über die Straße gehen – ohne ihn? ....

Ulla holte ihn schon wieder vom physikalischen Institut ab. Ich glaube gar, sie duzten sich.

Ich will nicht leben ohne ihn. Die Füllfeder ist noch

immer nicht repariert. Wer wird ihm die Füllfeder holen?

Morgen kommt Grete.

Wie immer, wenn alles ganz verrückt und unerträglich wird, erscheint die Fremde. Nein, ich liebe die Fremde nicht, mochte sie schon damals nicht leiden, als ich sie zum ersten Mal im Spiegel in der Eisenbahn sah. Meine Schwester Bea aß ein Butterbrot mit gelbem Käse und ich hatte eben erst die Horky verraten …

Jetzt habe ich Grete verraten.

Aber was kümmert das alles die Fremde? Was braucht sie so beleidigt zu tun? Überhaupt, wie kommt sie dazu, neben mir in der Straßenbahn zu fahren. Bis jetzt war sie immer in Spiegeln und Fenstern, existierte wohl gar nicht, war Spuk, Traum, Phantasie, Hysterie – Aber heute, kein Zweifel, heute saß sie neben mir in der Straßenbahn, hielt ein abgegriffenes Buch in der Hand, war müde und traurig.

Sie tat mir leid. Und das ist das Furchtbare, das Unerträgliche. Wohin soll das führen? Sie, die Fremde, darf mir nicht leid tun. Denn zwischen ihr und mir ist keine Luft und kein Licht. Ich kann nicht zu ihr.

Grete ist angekommen. Der Kleine hat etwas Darmkatarrh. Mein Gott, das haben wohl alle kleinen Kinder. Aber Axel ist sehr besorgt, telephonierte nach allen möglichen Ärzten.

Für mich ist das gut. Jetzt hat die Geschichte wenigstens ein Ende. Ich kann natürlich leben ohne Axel. Was war ich schon für ihn! Bestenfalls ein Ersatz.

Unlängst sagte er furchtbar erstaunt: – Du hast ja braune Haare. Das hätte er wirklich schon bemerkt haben können. Und eigentlich ist er gar nicht so ungeheuer gescheit. Wenn man von Politik spricht, ist er idiotisch, sagt Ulla.

Ach Ulla, Ulla! Wenn Ulla nicht wäre! Denke ich an sie, und ich denke jetzt oft an sie, so befällt mich wieder die wahnsinnige, die unsinnige, die zerreißende Angst, ihn zu verlieren. Mir ist, als vertriebe man mich aus einem stillen sicheren Raum, vielleicht ist es eine weiße Küche mit blauen Streifen.

Ulla darf nicht, sie darf nicht. Ulla ist frech mit ihm, achtet ihn nicht. Einen Mann wie Axel nimmt man doch nicht seiner Frau weg, seiner schönen und geliebten Frau, und das alles nur, weil er breitschultrig ist und sehnig und ein liebes Bubenlachen hat, und weil man selbst ungeduldig ist und unglücklich verliebt in einen Primarius.

Nein, das dulde ich nicht. Wenn ich auch nur die Bibliothekarin bin mit dem Herrn Zaunegger als Verehrer, wenn ich auch mit abgegriffenen Büchern in der Straßenbahn fahre, wenn ich auch so langweilig bin und so unbedeutend schreibe, dass ich Abend für Abend Seite um Seite schreiben muss, um mich zu vergewissern, dass auch wirklich ich es bin, die da lebt –

Ich dulde es nicht. Und ich werde es zu verhindern wissen.

Natürlich kann ich gar nichts verhindern. Ich habe nichts zu reden. Eine Woche lang habe ich Axel nicht gesehen. Inzwischen merke ich, dass es Herbst geworden war, welke Blätter im Park, es raschelt unter den Füßen, nasse Dächer, die Lichter brennen aufdringlich an warmen Abenden.

War denn gar kein Sommer, blaue Wellen, reifende Getreidefelder in schwülem Dunst? Was ist mit mir? Mich fröstelt? Wer – hat – mir – meinen – Sommer – gestohlen? ....

Heute kam Axel zu mir in die Bibliothek. Er weiß, was sich schickt. Er war sehr freundlich. Sehr lieb. Lud mich zum Mittagessen ein. Fünf Minuten stand er bei mir. Fünf Minuten sind nicht lang. Ich sah auf die große Uhr zwischen den dichtbesetzten Regalen. Fünf Minuten sind nicht lang. Er war sehr lieb, sehr freundlich. In diesen kurzen fünf Minuten langweilte er sich ganz furchtbar mit mir.

Sowas sagt man nicht, so was spricht man nicht aus. Grete hätte das nicht einmal ihrer Mutter erzählt. Sie ist sehr blass, viel zu mager, hat große Ringe unter den Augen.

Und sie hat Angst vor der Nacht. Das Kind ist hungrig, sie hat nicht genug Milch – Und Axel – ich würde ihm so gerne wieder einen Teller Kirschen bringen. Er müsste die Kerne gar nicht mit mir in einen Teller spucken. Er hat so kleine verhungerte Augen.

Also das ist furchtbar, das ist entsetzlich, das halte ich nicht aus. Natürlich kann ich nichts verhindern, aber ich kann es mir nicht gefallen lassen, vor meinen Augen, an demselben Tisch – Wenn das Liebe sein soll oder gar Ehe!

Ich hätte nicht zu diesem Mittagessen gehen dürfen, wollte erst gar nicht, hatte dem Herrn Zaunegger schon versprochen, mit ihm Sonntag vormittags in das Naturhistorische Museum zu gehen, da hatte ich plötzlich das Gefühl, es schickt sich.

So was Dummes! Bea hatte auch das Gefühl, es schickt sich, als sie den Herrn von heiratete. Der älteste Sohn soll nicht ganz richtig im Kopf sein. Was geht mich das an, ob es sich schickt. Bin ich denn Bea?

Ich ging zu diesem verfluchten Mittagessen. Es regnete. Das rasierte Vorgärtchen schwamm in grauem Wasser. Im Kinderzimmer war es entschieden überheizt. Und Ulla hatte ein zu starkes Parfum. So geht man nicht in ein Haus, wo ein Säugling ist und eine stillende Mutter. Sie hat einen fabelhaften Teint. Der kann nicht geschminkt sein. Vielleicht Gesichtsmassage und dergleichen.

Axel ist toll mit ihr, einfach toll. Und das alles nur, weil sie will. Weil sie jede Bewegung ihrer Porzellangelenke berechnet, jeden schiefen Blick. Sie hat einen karminroten Mund. Er aber erlaubt nicht, dass Grete sich die blassen müden Lippen färbt. Wenn Ulla keine Suppe mag, ist er begeistert, wenn sie blaue Ringe raucht, so wird er verzückt. Er legt den Arm um die Lehne ihres Stuhls, als wären es ihre Schultern, zärtlich, vorsichtig.

Nein, nein, nein! Ich töte sie, ich werde sie ermorden. Ich kann es nicht ansehen. Das nächste Mal schlage ich mit der Hand auf den Tisch, dass die Gläser springen. Ich muss mir doch bei Gott nicht gefallen lassen, dass man mich mitten auseinander reißt, bei lebendigem Leib zerteilt und zerstückelt –

Wer lacht denn da? Ich weiß bestimmt, jetzt hat jemand gelacht. Ulla? Ach Unsinn, wo ist Ulla? Aber es war doch Ullas Stimme. Ein bisschen zu hell, wie zersprungenes Porzellan. Im Fenster spiegelt sich die Lampe. Die Fremde, die Fremde, wo ist denn die Fremde? Neben der Lampe nur kalte Augen, gletscherklare, eisige Augen, gierige Augen und ein kühner, lachender Mund – Nicht hinsehen, nein, und um Gotteswillen nicht lachen!

Ein neuer Versuch. Ich schreibe in der Bibliothek. An meinem Amtsschreibtisch. Hier lacht niemand. Der Herr Zaunegger hat ein neues Tintenfass und ist von einem wütenden Ernst. Natürlich wegen Sonntag.

Wenn ich durchlese, was ich gestern geschrieben habe, so scheint es mir ein wenig übertrieben. In diesem nüchternen weißlackierten Zimmer mit dem braven Regenlicht kommt man am besten wieder zur Besinnung.

Ulla sagt, eine Bibliothek ist zum Sterben langweilig. Nun ein Spital ist wohl auch kein Vergnügen.

Aber zurück zum Gelächter von gestern Abend. Ich war so erschrocken, dass ich alles liegen und stehen ließ, ins Bett sprang und den Kopf unter die Decke steckte.

Zu dumm! Ich hatte ja allen Grund zu lachen. Oder ist es vielleicht nicht lächerlich, dass ich, ausgerechnet ich, eifersüchtig bin? Auf Ulla? Als ob ich ein Recht dazu hätte. Ich – ein Recht auf Axel. Eine lächerliche Unverschämtheit!

Grete – ja bei Grete ist das anders. Aber Grete wird es nie sagen, beißt sich nur in die blutlosen Lippen, erstickt.

Was wird es heißen, wenn Grete stirbt? Lungenentzündung, ein schwaches Herz? Als man ihre Mutter zu Grabe trug, lächelte der Friedhof voll Tulpen und Hyazinthen. Grete ging am Arm ihres schönen Vaters. Ich aber sah sie krank und fieberdurstend in einem fremden Bett. Ein kleines Mädchen. Ein stolzes kleines Mädchen.

Oh Gott, es darf ihr nichts geschehen. Ihre Mutter war lahm. Ich werde es nicht dulden. Ich werde zu ihr gehen. Ich werde mit ihr sprechen.

Aber kann man denn mit Grete sprechen? Sie lächelt mit breiten durchscheinenden Zähnen und ist gleich wieder das schöne Kind, das mit goldigem Flaum im Nacken neben Anette sitzt, in der Bank vor mir und unerreichbar weit.

Dann werde ich es mit Ulla versuchen. Ulla ist ja immer so für Aussprache und Offenheit. Und Ulla ist klug, ein bisschen zu klug, aber gewiss nicht böse.

Ich gehe heute zu ihr ins Spital. Es hat doch was für sich, wenn man am hellen Mittag in einer öffentlichen Bibliothek seine – seine Lebensgeschichte schreibt. Ist es auch meine Lebensgeschichte?

So. Jetzt sitze ich wieder an meinem Tisch, bei meiner Lampe. Der Lampenschirm ist wirklich nicht mehr eben repräsentabel, die Wände sind verrußt. Ich werde im Frühling malen lassen, nicht wieder Grau, ein mattes Gelb, Sandgelb und keine Bilder.

Eigentlich hätte ich Wichtigeres zu schreiben. Aber ich bin so ruhig, unglaublich ruhig. Die Sache mit Axel ist wohl auch nicht gar so brennend. So sind alle Männer. Die meisten. Grete wird es nicht weiter tragisch nehmen.

Mein Spiegel hat einen Sprung. Deshalb sehe ich nicht gerne in ihn hinein. Aber das ist nicht gut, die Haare kommen nie in eine Richtung zu liegen, wenn man sie nicht wieder und wieder bürstet. Glattes Haar, das sicher anliegt, hat so etwas Beruhigendes.

Ich glaube, ich gehe zu Bett. Ich bin sehr müde. Von dem Besuch bei Ulla im Krankenhaus kann ich ja auch morgen schreiben. Ich werde Axel nicht mehr sehen. Vielleicht nie mehr. Gute Nacht.

Eine Woche später. Eine ganze Woche und vielleicht zwei Stunden später. Ich habe eine Woche lang nicht geschrieben, hätte wohl überhaupt nicht mehr geschrieben, wenn nicht Axel –

Schuld daran ist nur, dass er ein so konventioneller Mensch ist. Konventionell auch dann, wenn das Leben keineswegs mehr konventionell ist, sondern verschoben, verdreht und verrückt – ja, verrückt.

Er kam also heute Abend – Ich will gleich sagen, dass sich in dieser Woche viel bei mir verändert hat. Der Lampenschirm ist neu, nicht besonders schön, aber so, dass man gar nicht merkt, dass eine Lampe auf dem Tisch steht, und eine dicke, wollig weiche grüne Decke liegt auf dem Sofa.

Herrgott, wie es mich nervös macht, dass ich nicht bei einem bleiben kann – Und was ist schon dabei, dass Axel mich besucht hat. Man muss doch nicht im Bösen auseinandergehen, wenn man schließlich drei Monate –

Ach was, Axel war sehr lieb und sehr höflich, erzählte alles mögliche Berufliche, küsste mir beim Fortgehen die Fingerspitzen.

Übrigens, Grete ist krank. Das Abstillen macht große Schwierigkeiten – Eigentlich ist Grete häufig krank.

Der Spiegel hat keinen Sprung mehr. Neues Glas. Aber ich kann nicht hineinsehen. Obwohl mir die Haare in die Augen hängen und ich sicher wieder den gewissen Korkzieherscheitel habe. Ich habe Angst –

Vor was denn schon wieder? Man sollte mich in ein Krankenhaus sperren – Ja, ein Krankenhaus. Es muss doch nicht jeder Arzt sein in einem Krankenhaus, es gibt auch Patienten, Patienten in langen weißen Sälen auf weißen Betten hinter langen weißen Gängen, und durch diese Gänge kommt mit einem langen Zug von Assistenten der Primarius – Ruhe, nur Ruhe, der Primarius kommt.

Oh diese Ruhe! Ich erinnere mich noch, dass ich, ehe ich zu Ulla ging, furchtbar aufgeregt war. Ich hatte nicht zu Mittag gegessen, nahm ein Auto und ließ darin drei Bücher liegen (Bibliotheksbücher!). Ich stolperte, als ich dem Portier am Eingang des Gartens Ullas Namen sagte. Der Himmel war kalt und grün. Lange rote Wolken zogen sich über den riesigen weißen Häuserkasten. Das Gras ist ärmlich in einem Spitalsgarten, die Bäume nackt und mager, auch ein bisschen krank –

Aber das macht gar nichts, wenn man nur einmal auf den Korridoren ist, auf den herrlichen weißen sanften Korridoren. Was immer geschieht, es kommt ein weißes Mädchen mit einem Eimer voll Desinfektionsmittel und wäscht alles weg. Die Aufzüge funktionieren tadellos. Durch eine Glastür sieht man hinein in einen Saal voll bleicher Frauen in stillen weißen Betten. Oh nein, sie brauchen sich nicht aufzuregen, alles geht gut und alles ist in Ordnung, in jedem Saal ist eine große weiße Uhr, und alles kommt nach dieser Uhr, das Essen, das Fieber, die Schmerzen, der Tod und manchesmal auch der Primarius.

Ich habe ihn gesehen. Es war ein Zufall. Ich fand nicht gleich in Ullas Zimmer, die Korridore sind ja so lang, sehen einer aus wie der andere, und da kam er mir plötzlich entgegen.

Ein Gesicht hat er eigentlich nicht, aber einen weißen Mantel und sanfte farblose Augen. Eine blasse Glatze und farblose knochige Hände. Die andern Ärzte kamen erst ein Stück hinter ihm. Denn er hinkt. Ja, er hinkt.

Eine Schwester zog mich zur Seite, ich stand wie angewurzelt, noch drei Schritte, und er wäre in mich hineingetreten. Wie ich dann in Ullas Zimmer kam, weiß ich nicht mehr.

Ulla saß vor einem blendend rein gedeckten Tisch und trank Tee, leeren Tee, Tee ohne Zucker. Daneben stand ein Teller mit Äpfeln. An den Wänden keine Bilder, an den Fenstern keine Gardinen. Nur auf dem Toilettetisch funkelten üppige Fläschchen. Und Ulla trug natürlich auch den weißen Mantel.

Sie reichte mir die Hand: – Was fehlt Dir?

Ja, was fehlte mir? Ich sank auf ihre mit glattem gelblichen Leinen bespannte Chaiselongue und sie fühlte mir den Puls und gab mir ein paar Tropfen in einem Glas Wasser.

Natürlich konnte ich jetzt nichts von Grete sagen und von der ganzen albernen Geschichte mit Axel.

– Hast du das oft? – Beinahe jeden Tag. Und am schlimmsten wird es immer, wenn ich Fleischsuppe rieche. Dann halte ich es beinahe nicht aus.

Ulla runzelte die Stirn und sagte sachlich wie ein Buch: – Fürchtest du, dass du ein Kind bekommst?

Das Mädchen G. E.! Weshalb hatte ich nur dasselbe gesagt wie das Mädchen G. E.? Und Ulla sprach weiter mit jener sanften Ruhe, mit der man eben zu einem Fall spricht. Ich tat, als hörte ich zu, aber ich dachte an das schwarze Ledersofa im Operationszimmer, sie drehte die schirmlose Birne an, ich schloss die Augen, geblendet, und auf ihrem Bett lag eine sandfarbene Daunendecke.

Wo war Hermann, der Freund, der Genosse? Ein brauner Scheitel, Oliven, beizend salzige, schmelzend ölige Oliven. Er hatte eine scheue und abweisende Art, einem die Hand zu geben, aber wenn man diese Hand nahm, war man geehrt und gehoben.

Nun ging der Primarius wohl wieder zurück durch den Korridor. Er hinkte.

Ulla gab mir dann noch ein Pulver. War das die Ursache, dass ich so müde wurde und beruhigt, dass ich abends nichts zu schreiben wusste und schon halb zehn im Bett lag und Zeitung las?

Und alles wäre gut und in Ordnung und ich würde mich überhaupt nicht mehr um Grete kümmern. Was geht es mich an, ob sie Schwierigkeiten hat beim Abstillen, ob Axel sie genug liebt, ob die Küche mit den blauen Streifen in Ordnung ist, sie hat ihr Kind –

Übrigens sonderbar, dass Ulla mich gleich so was

fragte. Und so was ist ja schließlich nie unmöglich. Man denkt nur nicht daran.

Das Mädchen G. E. Oh Gott!

Ja, was wollte ich nur sagen, alles wäre in Ordnung, wenn Axel nicht plötzlich bei mir erschienen wäre. Er sah sich um, sagte: – Hübsch hast du's hier (als ob schon je jemand mein Zimmer hübsch gefunden hätte) und später küsste er mir die Hand, sehr vorsichtig, nur die Fingerspitzen, und ich hielt sie ihm hin wie eine Frau, die an ganz einen andern denkt. Und deshalb wird er wiederkommen.

Ulla, die könnte sich nie auch nur das Geringste aus dem Herrn Zaunegger machen. Im Gegenteil, sie würde die Brauen in die Höhe ziehen, wenn er bäte, mit ihr in ein Kaffeehaus gehen zu dürfen. Sie zieht nämlich manchmal die Brauen in die Höhe, wenn ihr was nicht passt, das ist schlimmer, als wenn jemand anderer eine Grobheit sagt. Und dann noch die Eiswasserblicke! Also unmöglich!

Dieser Zaunegger ist aber auch wirklich ein unmöglicher Mensch. Sicher hat er zu viele weiße Blutkörperchen und eine schlechte innere Sekretion. Dazu einen Schnurrbart wie eine kaputte Kinderzahnbürste.

Und wenn am Schreibtisch neben mir das Fräulein Marschall nicht wäre mit ihren fragenden Kugelaugen, wenn sie ihm nicht jeden Morgen, ehe er kommt, seine Bleistifte spitzen und ihm um zehn Uhr von ihrem Thermophortee anbieten wollte, dann wäre ich gar nicht auf die Idee gekommen, dass eine Frau auf der Welt ihn gerne haben könnte. Sie aber liebt ihn. Sie lauert ihm auf. Sie hat einen Plüschmantel, der soll aussehen wie Pelz. Und gestrickte Handschuhe. Sie will ihn heiraten.

Nein, einen Mann wie den Herrn Zaunegger nimmt man nicht zu seinem Vergnügen. Das Fräulein Marschall will ihn auch nur haben, weil so ein dummes altes Mädchen überhaupt nicht weiß, was ein Mann ist.

Ich war übrigens sein erstes anständiges Verhältnis. Sonst waren es nur –

Dieses Schwein hat einen Ausdruck gebraucht, mit dem ich mir nicht das Papier verdrecken werde. Natürlich, der Herr Oberbibliothekar kann sich ja Frauen kaufen, Frauen an allen Straßenecken –

Fehlt nur noch, dass wir uns Männer kaufen. Pfui Teufel!

Axel hat ein Auto. Eigentlich braucht er es schon längst, er wohnt so weit vom physikalischen Institut, aber er ist sparsam, Gott weiß, warum er so lange damit gewartet hat.

Und das Chauffieren steht ihm gut, verdammt gut. Er trägt jetzt eine Lederjacke, die glücklicherweise nicht ganz neu aussieht, und immer nur weiche Hemdkragen. Heute holte er mich von zuhause mit dem Wagen ab. Er roch ein klein wenig nach Benzin. Wenn ich mich nur nicht in ihn verliebe! Er hat Hände wie ein Monteur.

Wenn ich gut nachrechne, kann ich mir vielleicht

einen Pelz auf Abzahlung kaufen, einen hellgrauen, der am ganzen Leib streichelt.

So, jetzt kommt Anette plötzlich hereingeschneit. Sie war in St. Moritz und hat ein Engagement im Chat Noir, wir müssen alle hinein, wenn sie Premiere hat. Grete, Ulla, Axel natürlich auch. Ihre Mutter brachte mir gestern das Billet.

Eigentlich glaube ich gar nicht, dass Anette immer an der Riviera ist, in St. Moritz oder andern mondänen Gegenden. Nein. Alles, was sie trägt ist zwar neu, glatt und glänzend, aber es sieht aus, als wäre es in St. Pölten gekauft. Dort vielleicht im feinsten Geschäft. Sie trägt Waschseidenstrümpfe.

Als sie gestern plötzlich in der Bibliothek bei mir auftauchte, wurde der Herr Zaunegger geradezu wütend. Am liebsten hätte er sie rausgeschmissen, obgleich er abends, wenn die Lichter brennen, im Stande ist, ihr sechs Straßen nachzulaufen. Aber immer nur Nebenstraßen lang, die nicht allzu gut beleuchtet sind.

Ihre Lieder sollen ungeheuer ordinär sein. Schickt sich eigentlich nicht für Grete, zu so was zu gehen.

Axel denkt doch nicht, dass ich die Absicht habe, die Geschichte mit ihm jetzt fortzusetzen. Da irrt er sich. Damals war es gewissermaßen eine – eine Notwendigkeit. Ich konnte nichts dafür, er war verhungert und ich habe ihn Grete bestimmt nicht abspenstig gemacht. Alle Menschen meinen, dass die beiden eine vorbildliche Ehe führen. Und wenn ich sie zusammen – sehe, glaube ich es selbst. Aber ich erinnere mich an seltsames Erschlaffen in wilden Augenblicken, an dumpfe Angst vor seinen nackten Lippen, an eine Hingabe, die nichts war als Verrat.

Ich habe den ganzen Sommer lang mit Axel sehr gerne Tee getrunken.

Nein, nein, nein, ich werde nie mehr mit ihm Auto fahren. Denn das ist der Moment, in dem ich mich in ihn verlieben könnte, verschießen, verknallen.

Da sitzt er breit und sicher und sprungbereit, die Pfeife im Mund mit lächerlichen Lederhandschuhen, ein Ruck, und wir fahren in einen Graben, in ein paar Pferde, in ein kinderwimmelndes Haus. Aber er hat weiter die Pfeife im Mund, spuckt manchmal zum Wagen hinaus, sogar das steht ihm.

Dabei sind die Tage jetzt unnatürlich warm, brühende Oktobernebel von der Sonne zerrissen, plötzlich leuchten ein paar rote Blätter, brennende Straßen und nackter brauner Ackerboden.

Ich war sehr aufgeregt, ging heute um eine halbe Stunde zu früh von der Bibliothek nachhause, weil ich wusste, dass er kommen musste – der Pelz nämlich. Als er endlich, endlich gekommen war, drehte ich alle Lampen an, weiches lockendes Licht – ich habe das Zimmer doch noch rasch streichen lassen und eine neue Deckenbeleuchtung gibt es auch.

Oh – Grete würde mich nicht wiedererkennen. Mein Haar liegt auch so glatt, so selbstverständlich. Ich sah mich in der Fensterscheibe, weil der Spiegel zu klein war.

Wahrhaftig, ich bin groß in diesem Pelz, gestreckt und hochmütig, die Hände stecken in den tiefen Taschen, die Ellbogen stehen ein bisschen vor.

Nur schade, dass ich mich nicht lange so betrachten kann. Denn aus meinen Blicken – sie verschwimmen in der dunklen Scheibe – strömt es kalt und eisig auf mich zurück.

Ich schreibe im Pelz. Ich lege das Gesicht in seine graue Wärme. Ich gefalle mir, aber ich habe mich nicht lieb.

Dabei fällt mir ein, dass Ulla sich in der Schule schon nichts so sehr gewünscht hat, als einen Pelz. – Nicht, weil es fein ist, pflegte sie zu sagen, aber dürfen nur die Bourgeois nicht frieren!

Ulla friert leicht trotz aller Abhärtung. Sie hat eine so blasse kalte Haut, wird nie braun, auch nicht im Sommer. Vielleicht weil das Ordinationszimmer mit dem Ledersofa das ganze Jahr keinen Sonnenstrahl gekannt hat. Das war nicht Abhärtung, das war Mord. Und Ulla wird sich in diesem Leben nicht mehr erwärmen.

Durch ihr Zimmer im Spital zieht sich eine Dampfheizung. Dieselbe Heizung geht natürlich auch durch das Zimmer des Primarius. Dieselbe Wärme umspielt des Morgens seine und ihre Glieder. Sonst aber sehen sie sich nicht oft, manchmal fragt er sie etwas an einem Krankenbett, er ist sehr zurückhaltend und sehr höflich, besonders mit dem weiblichen Personal.

Gestern sah ich ihn wieder auf dem Korridor. Ich komme jetzt öfters zu Ulla und weiß, wie ich es einteilen muss, um ihm zu begegnen. Er hat so schmale, farblose Lippen, aber sein Mund muss doch eine Farbe haben. Ich möchte ihn gerne lächeln sehen.

Wenn ich krank wäre – aber ach, in diesem Spital hat man so scheußliche Krankheiten, und doch, wenn ich krank wäre, in so einem Saal läge, in einem weißen Bett mit schwarzer Tafel drüber, und er käme, dann müsste er nämlich kommen, auch zu mir, und ich würde dann irgend was Unsinniges sagen, irgend was wie Anette, wenn sie Doktor Alexander zum Lachen brachte –

Aber nein, das geht nicht, mir fiele bestimmt nichts ein. Wollte ich ernstlich zu ihm gelangen, ich müsste Ärztin werden, Medizin studieren.

Ulla war schon als kleines Mädchen fest entschlossen gewesen, Medizin zu studieren. Ihr Kinderbett roch ja nach Jodoform. Und doch gab es eine Zeit, wo sie alles, alles wollte, nur nicht das – die Zeit nach der großen Schande.

Ich erinnere mich genau, die ganze Stadt sprach davon, das Bild von Ullas Vater kam in die Zeitungen und es stand auch was von einer jungen Tochter ..... Medizinerin ...... vielleicht dabei gewesen ......

Es war natürlich das Mädchen G. E. Nicht dasselbe,

das ich im Nebenzimmer auf den Matratzen belauscht hatte, ach Unsinn, damals waren wir doch noch in der Schule und Ulla hatte die Zeitung im geographischen Atlas –

Es war eben ein anderes Mädchen G. E., das nicht geschwiegen hatte, sondern alles auf dem Totenbett verraten. Ullas Vater kam in den Kerker. Eine Zeitung schrieb von der »unbegreiflichen moralischen Verkommenheit eines alten Arztes.«

Ich habe Ulla damals nicht gesehen. Ich hatte gerade eine Blinddarmoperation überstanden, lag auf der Klinik, wir waren im dritten Semester –

Ja richtig, ich studierte Geschichte und Germanistik, und Papa war schon nicht mehr der Alte, krank und in Pension. Wir zogen in eine einfachere Wohnung, Mama sagte, ich müsse auch ans Verdienen denken, sie trug damals schon nicht mehr nur Waschlederhandschuhe und wir hatten bloß ein Mädchen und beim Abendessen brannte bloß eine Birne über dem Tisch und ich war krank, wie gesagt, eitrige Blinddarmentzündung, konnte nicht zu Ulla gehen –

Obwohl ich wusste, dass sie jetzt mit knirschenden Zähnen im Zimmer hin und her lief, in dem Operationszimmer, in dem nichts mehr stand als das Ledersofa und der gewisse Stuhl, alles andere hatten die Kerle vom Gericht ausgeräumt. Es gab nichts mehr im Hause, kein Stück Papier, das sie nicht durchgeschnüffelt hatten, sogar die Briefe Hermanns aus Amerika. Die lagen jetzt wohl auch bei dem »Material«, den Büchern und Rechnungen, aus denen alles hervorging, sogar die alte Geschichte mit dem Mädchen G. E.

Ulla lief im Zimmer auf und ab. Sie trug einen von den gelben Mänteln des Vaters, ein paar Blutspritzer waren darauf, vielleicht war das auch »Material« – einundvierzig Fälle, hieß es bei Gericht. Einundvierzig, oh, waren wohl viel mehr. Wenn diese einundvierzig jetzt im Zimmer wären, nur diese einundvierzig, verhungert, verkrüppelt, mit eiternden Löchern unter Kinn und Wangen, mit gierigen Augen, gierigen mageren Händchen – dann brauchte der Vater nicht in den Kerker zu kommen.

Es war nicht schön gewesen, nein, nein. Und es war auch nicht schön gewesen, als Ulla eines Nachts von dem Ledersofa auf musste und zu einem der Brüder ins Bett kriechen, weil eine halb verblutete Frau auf ihr Lager kam. Zwei Tage und zwei Nächte blieb diese Frau. Als sie wegging, drückte sie dem Vater weinend und dankend einen schmutzigen Geldschein in die Hand. Es war nicht viel. Und es war nicht schön, dass er es nahm. Es war überhaupt nicht schön, dass er schmutzige Geldscheine nahm. Schön war das alles nicht. Schönheit ist Luxus. Aber gut sein, ein bisschen gut, sogar wenn man dafür ein bisschen schmutziges Geld bekommt, das können sogar die Armen.

Ach, es war eine hässliche Kindheit gewesen. Niemals hatte der Vater, dieser stille und gütige Vater mit dem sanften Rabbinerbart ein hässliches Wort gesagt. Aber trotzdem war es hässlich gewesen – der rote Plüsch, die Fliegenden Blätter, die verschreckten Frauen. Deshalb hatte Ulla immer turnen müssen, schwimmen und zu lichten Höhen klettern. Deshalb wollte sie einmal in einer freundlichen und sonnigen Villa ein Ordinationszimmer haben, ein Zimmer, in dem nichts Verbotenes geschah. Das war eine Feigheit, aber es durfte nicht mehr sein, man konnte doch nicht noch ein Leben lang Tag für Tag mit Todesangst die Zeitung aufschlagen – Sie wollte auch kein Geld nehmen von den Patientinnen, sondern Rechnungen schicken auf bedruckten Formularen, oder auch nur eine schnelle ablehnende Handbewegung machen – das wäre schön, jawohl schön, aber das war nun für immer vorbei.

Der Vater wanderte in den Kerker, der älteste Bruder fuhr zu Hermann nach Amerika. Und Ulla sollte mit. Nein, das ging nicht. Wer sollte denn da sein, wenn der Vater zurückkam. Die beiden andern Brüder waren so unzuverlässig. Der eine reiste mit Strümpfen, der andere mit Galanteriewaren. Und es war kein Geld mehr im Haus.

Nein, Axel kennt diese ganze Geschichte nicht und ich werde mich hüten, auch bloß eine Andeutung zu machen. Er hört nicht gerne Trauriges und vor allem, was mit dem Gesetz zusammenhängt, hat er einen verteufelten Respekt. Er ist der Sohn eines Oberlehrers in einer deutschen Industriestadt, seine Mutter soll aus Dänemark gewesen sein oder auch aus Norwegen. Deshalb ist er auch so sparsam, dort oben sind sie alle so. Und Axel kann es nicht vertragen, wenn im Leben einer Frau nicht alles stimmt und alles klappt, das ist ihm so widerwärtig, wie ein schlecht gedeckter Tisch. Da steht er einfach auf und geht weg.

Bei Ulla hat es gar nicht geklappt, von allem Anfang an nicht. Und wüsste er erst von dem entsetzlichen Winter in Berlin, der auf die große Schande folgte, er würde nicht einmal mehr neben ihr sitzen wollen.

Aber mein Pelz ist schön. Nimmt sich fabelhaft aus in seinem Auto. Ich rieche so gerne seine Lederjacke. Sie riecht nicht nur nach Leder, auch nach Wind, Regen und Pfeifentabak. Er war übrigens von meinem Pelz begeistert.

Halt, das ist zu dumm. Ich kann nicht schlafen, muss nochmals aufstehen, mir ist, als hätte ich was vergessen. Was steht da nur von Auto, Pelz und Lederjacke – Verdammt nochmal, wenn Grete das liest, Grete oder Anette, die glauben bestimmt, ich hätte den Pelz seinethalben gekauft. Und dabei ist mir schleierhaft, wie ich in diesem Monat die Zimmermiete zahlen soll.

Also, damit man sich nicht irrt: Ich habe den Pelz nicht Axel zuliebe gekauft. Aber ich fuhr heute dem Pelz zuliebe mit Axel, obwohl ich vorher fest entschlossen war, ihm abzusagen. Grete darf überhaupt nicht fahren, sie verträgt das Schütteln nicht. Ich fuhr dem Pelz zuliebe mit Axel, denn Axel passt zu dem Pelz, jawohl, er passt besser dazu als ein parfümiertes Veilchenbukett.

Wer lacht denn da? Oh Gott, nur nicht lachen, das geht nicht, es ist ja so ein ernstes Leben auf den weißen Korridoren und der Primarius schläft. Sein Mund ist furchtbar zusammengefaltet. Ich weiß etwas von diesem Mund. Das – werde ich – nicht aufschreiben.

Aber die Fremde war heute in der Bibliothek, lehnte in einer Fensterecke und sprach mit dem Herrn Zaunegger. Sie hatte müde, rotgeschminkte Lippen. Das Fräulein Marschall erdolchte sie mit ihren Kugelaugen.

Ulla spricht nicht mit einem Herrn Zaunegger.

Heute ging ich zu Anettes Mutter, mir die Haare waschen lassen. Ich wusste gar nicht, dass sie ihr Geschäft noch betreibt, den Salon hatte sie ja schon längst aufgegeben, aber als sie mir das Billet brachte, sagte sie die neue Adresse.

Ein kümmerliches Lokal in einem Vorstadthaus nahe der Bahn. Es riecht nicht mehr nach Brillantine, sondern nach Ruß und Knoblauch. Keine wasserstoffsuperoxydblonden Mädchen und keine dicken Herrn. Ganz leer ist das Geschäft. Höchstens, dass Samstag eine von den abgearbeiteten Frauen aus dem Haus kommt und ihr Kopftuch auf den einzigen zersplitterten Korbsessel legt.

Anettes Mutter hat auch ihren zinnoberroten Schopf nicht mehr. Ihr Haar spielt viele Farben, braun, grün und violett. Und von dem falschen Gebiss fehlt die obere Hälfte.

Von der Selbstständigkeit aber spricht sie noch immer. Anette – ein unmöglicher Beruf, blödsinniges Zeug singen und dann mit grässlichen Männern Champagner trinken, oder gar nur Rotwein. Nein danke! Aber wenn man selbstständig ist, so wie ich zum Beispiel, Respekt genießt bei allen Menschen, Hochachtung sogar und dazu freie Kost und Quartier im Spital –

Wahrhaftig, sie verwechselte mich mit Ulla. Eigentlich hätte ich ihr sagen können, dass ich in keinem Spital arbeite, sondern in der Bibliothek, aber so groß ist der Unterschied denn doch nicht. Es ist auch nicht so weit, wie sie meint, von der Bibliothek zum Kabarett. Der Primarius, der Herr Zaunegger und die … Wir leben ja doch alle von den Männern, jede auf ihre Art. Nur dass Anette sich am wenigsten graust. Sie greift zu. Schon als Kind. Ihre Finger waren Polypen, rote, unschuldige Polypen.

Es ist ein Unsinn, dass man nicht bereits in der Schule lernt, wie es mit Frauen steht. Das gehörte zum Geschichtsunterricht. Doktor Alexander sprach immer nur von Schlachten und Politik und geographischer Lage, manchmal auch ein bisschen von Kultur, aber niemals erklärte er uns, wie eine Frau zu leben hat, was sie tun muss, um – nun, um eben einen hohen Preis zu haben.

Grete war immer die Kostbarste von uns. Sie leistet, was man von ihr verlangt, stillt das Baby und macht mit der Köchin Speisezettel in der blauweißgestreiften Küche. Manchmal ist sie ein bisschen traurig, weil sie fürchtet, dass sie doch nicht den richtigen Preis bekommen hat –

Anette hatte schon als Kind nie Geld in der Tasche. Sie kaufte grässliche Bonbons, die sie immer gleich in der Klasse verteilte, und jetzt verschleudert sie ihre Zärtlichkeiten, ihre frechen Küsse.

Ulla aber – Ulla ist unverschämt. Sie will nicht gekauft werden. Sie geht herum und sucht sich die Männer, schöne, große, gesunde Männer, blödsinnig gesunde Männer – sie ist ganz ohne Scham.

Ich ertrage es nicht, dass Axel mich jetzt an das Vergangne erinnert. Ich will von den drei Monaten nichts hören. Ich will nichts wissen von dieser Zeit der regelmäßigen Liebkosungen.

Er glaubt, er kann mich verführen. Er soll es versuchen!

Ulla ist niemals verführt worden. Als sie zu Hermann in seine Studentenbude ging, war sie entschlossen, einen quälenden Zustand und eine lästige Neugier los zu werden. Als sie im ersten Jahr Medizin mit einem jungen Kollegen zusammen lebte, bestimmte sie die Sonntagsausflüge und die Farbe seiner Krawatte. Und als sie dann einmal nachts auf der Straße stand, auf einer nassen und glitschigen Straße, verhungert, verbittert, zu allem entschlossen, wie blutgierige Ungeheuer rutschten die Automobile an ihr vorbei, da –

Nein, Axel darf die Geschichte niemals erfahren. Ulla würde es nicht einmal Hermann erzählen, wenn er aus Amerika käme, und wohl kaum dem Primarius, wenn er sie endlich, endlich einmal zu sich auf sein Zimmer kommen ließe, um mit ihr auch anders zu sprechen, als gehörte sie zum weiblichen Personal.

Es ist immer peinlich, wenn man eine Sache beginnt und nicht zu Ende führt. Immer blamabel, wenn man zu spät merkt, dass man etwas nicht kann, einfach nicht kann. Ich würde auch gar nicht davon schreiben, überhaupt bin ich müde und schläfrig. Morgen sollen wir zu Anette ins Kabarett, zu langweilig, das dauert sicher die halbe Nacht, also ich würde es weiter nicht erwähnen, aber Ulla, gerade Ulla ist immer so für Aussprechen und alles Beichten. Abreagieren nennt sie das. Vielleicht tut es ihr sogar gut, wenn es hier steht, schwarz auf weiß, auf dem Papier.

Sie ging also auf einer jener unendlich gleichmäßigen Berliner Straßen, in denen die Bäume wie Grenadiere stehen und alle Schilder von einer abwehrenden glatten Tüchtigkeit sind. Vier Wochen nach der großen Schande. Sie hatte sich so lange durchgehungert, aber heute hatte die Hausfrau sie vor die Tür gesetzt –

Ulla besaß nur mehr einen Mantel, einen alten Sommermantel, dunkelbraun gefärbt, das Kleid darunter war mit einem Mal zerfallen, es öffnete sich in allen Falten wie mit unzähligen klaffenden Fischmäulern. Die Leute, die sie um Arbeit anging, hielten es kaum für der Mühe wert, zu antworten, sahen immer nur auf den Mantel, ein kurzer Blick und alles war erledigt.

So kam es, dass sie nachts auf der Straße stand. Ihr Magen war ein vertrocknetes Loch. Man kann auch sterben in solch einem Zustand, aber Ulla wollte nicht sterben. Da hatten sie erst den Vater eingesperrt, die Wohnung ausgeräumt, jeden Fetzen Papier durchstöbert. Sollte sie der Bande auch noch den Gefallen tun, an einem Eckstein zu verrecken, während sie mit ihren roten Autoaugen rutschten?

Da sagte einer: – Tag, Puppe! Das hatten schon mehrere gesagt. Dieser eine hatte viereckige Schultern und sie ging mit ihm. Er hängte sich in sie ein. Eine gelbe Stupsnase und neugierige Mäuschenzähne. – Erst essen, sagte Ulla.

– Bist du aber! Er schüttelte den Kopf missbilligend wie ein Oberlehrer. Musterte sie unter einer Laterne. Ging dann mit ihr in die nächste Bierstube.

Ulla aß ein Paar Würstchen und noch ein Paar Würstchen und etwas Salat und ein Brötchen und noch ein Brötchen. Er schüttelte immer weiter den Kopf. Keine Manieren. Sie sah ihn ja nicht mal an dabei.

Plötzlich legte er die Hand auf die ihre. Eine nasse Hand, der Daumenknöchel stand ab wie ein Haken. – Genug! Jetzt gehen wir.

Schweigend schlichen sie durch den Regen. Sie gefiel ihm gar nicht. Reingefallen war er. Aber die vielen

Würstchen, der Salat, die Brötchen – Man zahlt doch so was schließlich nicht umsonst. Sie war ihm was schuldig.

Ja, Ulla war ihm was schuldig. Das wusste sie selbst. Aber was denn nur, was? Ihr Magen krampfte sich zusammen, zwickte wie mit öligen Zangen. Der Salat! Was will der Mensch denn nur. Sie ist ja zu allem bereit, aber sie hat, sie, die kluge Ulla hat etwas vergessen ....

Es fiel ihr ein, als sie in einem Zimmer mit Stehuhr, violetter Blumentapete und bauchigen Ehebetten stand. Vor dem Nachtkästchen gestickte Pantoffeln, in einer Ecke hing ein grauer Baumwollschlafrock.

– Meine Frau ist verreist, sagte er und stand schon in Hosenträgern.

Ulla dachte: Ich habe doch schließlich zwei Semester seziert. Leichenteile sind auch nicht angenehm. Ekelhaft zum Anrühren. Stinken. Und er hat gezahlt. Zwei Paar Würstchen, Brötchen, Salat, und –

Da griff er nach ihr und da verlor sie den Verstand. Die herzförmige violette Glasampel über den Ehebetten ging in Scherben, Stühle krachten, Ulla kratzte und biss um sich wie rasend, schlug in ein geiles gedunsenes Gesicht, spürte die hackigen Daumenknochen, schlug hinein in die neugierigen Mausezähne, spuckte, spuckte – Er packte sie bei den Handgelenken. Die Stupsnase schnaubte. – Wirste wohl! Ich bring dir auf die Polizei ..... Er zitterte, zitterte vor Wut und Angst. Im Nebenzimmer wurden Stimmen laut. In der Ecke hing der Schlafrock der Frau. Mit einem Fußtritt setzte er sie vor die Tür. Sie saß hinter einem Fass im Hinterhof, bis am Morgen das Haustor geöffnet wurde.

Dann aber ging sie nicht gleich fort. Sie suchte im Treppenhaus die Tür von gestern Abend: Karl Kmunke, Oberrevident. Sie notierte sich die Adresse. Sie war ihm Geld schuldig. Würstchen, Brot und Salat und die zerbrochene Eheampel. Er bekam es auch.

Denn Ulla ist anständig, anständig bis in die Knochen. Sie schämt sich noch heute vor jenem Mann, weil sie ihn betrogen hat. Sie wird nie einen Mann betrügen, und wenn sie zwanzig auf einmal liebt. Aber lieben muss Ulla, und wenn es auch nur die Lederjacke ist, ein bisschen Benzingeruch, ein lustiges Bubenlachen. Kaufen lässt sie sich nicht.

Wenn ich durchlese, was ich heute geschrieben habe, so tut mir das wohl, unsagbar wohl. Eigentlich ist die Geschichte gar nicht so blamabel. Aus dem, was ich schrieb, geht klar hervor, dass Ulla in einer Art Hungerpsychose gehandelt hat. Und Männer sind ekelhaft, wenn sie nicht gerade zum Verlieben sind. Man kann sich in sie verhassen, wenn sie in Hosenträgern vor bauchigen Ehebetten stehen. Verhassen ist das richtige Wort. Und wenn der Herr Zaunegger mir noch einmal die Hand – er hat lange schlappende Finger, wie tote weiße Regenwürmer – wenn er mir diese Regenwürmer, während ich an meinem Schreibtisch arbeite, noch einmal plötzlich über den Nacken legt – also, ich hau ihm eine runter, und wenn ich auch aus der Bibliothek rausfliege. Dann gibt es eben keine Krankenkasse und keine Alterspension.

Sonderbar, mein Pelz, mein schöner neuer grauer Pelz riecht nach Leder. Verhassen oder verlieben. Das schrieb ich doch selbst. Ja, wer denn sonst? Ich bin also in Axel verliebt, rettungslos verliebt.

Heute Abend gehen wir zu Anette ins Kabarett.

Ich hätte nicht gehen sollen, hatte gleich eine Hemmung, als die Friseurin mir das Billet brachte. Aber schließlich sind wir doch mit Anette in die Schule gegangen. Anette? Was geht mich Anette an?

Eben als ich das Billet zerreißen, in den Papierkorb werfen wollte, kam Axel mit seinem Auto, mit seinem festen und gesunden Auto und holte mich ab. Grete saß in eine Ecke gelehnt, sehr blass, in einem schwarzen Pelz. Sie hat jetzt immer so eine misstrauische Art, mir die Hand zu geben. Wenn man zudrücken will, hat sie diese Hand schon wieder weggezogen.

Herrgott, wie langweilt mich diese Frau! Warum war ich gerade mit ihr schon seit den Kinderjahren befreundet. Da waren doch auch noch andere in der Klasse, Gerda Lange, Liselotte Meller........

Wir fuhren durch die lauen, rieselnden Gassen. Was ist das überhaupt für ein Winter. Ewig warm und dunstig. Man sehnt sich ordentlich nach kristallenem Schnee.

Axel muss sich wahnsinnig mit Grete langweilen. Immer krank, immer schonungsbedürftig, eigentlich ganz, als wäre sie unausgesetzt schwanger.

Meinethalben könnte er sich zu Tode langweilen mit Grete. Ich wollte ihn dabei nicht stören. Schließlich ist es seine Sache. Wenn aber Anette, Anette mit ihren bazillenspritzenden Chinesenaugen, ihren roten Polypenfingern –

Was geht das mich an? Wenn man in einen Mann verliebt ist, in seine blonde Gelenkigkeit, seine Automobilbewegungen, so muss man –

Nein, ich lasse es nicht zu. Ich lasse ihn mir nicht krank machen. Ich lasse nicht sein Blut, sein gesundes warmes Blut mit den regelmäßigen Pulsschlägen vergiften.

Als ich unlängst im Korridor auf den Primarius lauerte, kam ein Mädchen im Spitalskittel an mir vorbeigeschlüpft. Flachsblonde Haare hatte sie, ein breites Gesicht, etwas Schwarzes um den Mund – Ganz jung war sie, lächelte wie ein Kind. Vielleicht war es eine Tochter der Horky.

Anette, wenn sie singt, hat auch so was Schwarzes um den Mund. Ulla ist Ärztin, Ulla könnte genau alle Symptome einer solchen Krankheit der Reihe nach aufzählen. Ich kann es nicht, aber ich weiß –

Und zu alledem kommt, dass drei Tische hinter uns

mit farblosem Scheitel und dem ergebenen Lächeln einer Nonne die Fremde saß.

Wie soll ich das aushalten, wie erklären? An einem Tisch mit gelbem Luftballon saßen also ich, ja ich, Axel, Grete, ich und Anette stand vor uns.

An den roten Wänden ringsum war ein grässliches kubistisches Gekleckse. Anettes Mutter saß ganz vorne mit einem wasserstoffsuperoxydblonden Mädchen.

Ich war gleich nach Anettes erstem wasserstoffsuperoxydblonden Schmachtfetzen so nervös, dass ich auf und davon eilte. Es war erstickend heiß. Axel ist nicht ganz zuhause im Smoking.

Dann kam ein krebsrotes Negerlied mit ordinären Bewegungen. Axel schmunzelte. Nun so wie Männer eben schmunzeln. Das machte mich rasend.

Dann aber kam das Chinesenlied. Anette als Chinesenkind, gelb, mit schiefen Augen, kranken gelben Fingern. Ich sah auf Axel. Er saß vorgebeugt wie bei hundert Kilometer Geschwindigkeit. Und Anette riss den Mund auf, um diesen Mund herum war etwas Schwarzes ....

Ich werde Axel warnen. Nein, das sollte Ulla tun. Ulla ist ja die Ärztin. Ich werde Axel bitten, anflehen, auf meinen Knien – Ich will ihn küssen auf die Augen, den kurzen geraden Nasenrücken entlang, in die Spitzbubenmundwinkel hinein.

Ach ja, ja immer dasselbe, ich weiß, schon drei Monate, den ganzen Sommer lang war ich seine Geliebte, vielleicht sogar seine Frau, aber ich halte es nicht aus vor lauter Ungeduld, vor meinen Augen rote Wellen, mir schwindelt –

Ich habe Axel noch niemals wirklich geküsst.

Nun ist alles in Ordnung, alles richtig und vernünftig geregelt. Ich friere ein wenig. Vielleicht ein beginnender Schnupfen. Vielleicht – Alles ist so sehr in Ordnung, dass es mir schon unheimlich ist. Und ich darf nicht vergessen, weshalb ich das alles schreibe. Es soll, um Gotteswillen, es soll ja meine Lebensgeschichte sein. Was wird daraus?

Im Spiegel ein gepflegtes Gesicht, Creme und Puder, die Lippen sorgfältig rot gezogen, das Zimmer leer und in der Bibliothek die Fremde.

Wo .... wo bin ich? Wo war ich heute Nachmittag? Was habe ich getan?

Ruhe, nur Ruhe! Mit Verstand und Logik muss man alles erklären können. Axel holte mich ab aus der Bibliothek. Das wäre gar nicht so sonderbar gewesen. Wenn ich nur nicht diese verrückte Angst gehabt hätte wegen Anette.

Natürlich war er wieder beim Friseur gewesen, weil er versäumt hatte, sich morgens zu rasieren. Ich hasse es, wenn Männer zum Friseur gehen. Und er roch nach einer abscheulichen Seife mit parfümiertem Ladenschwengelkölnerwasser obendrauf.

Das wäre wirklich nicht so auffällig gewesen, aber ich

dachte an Anettes Mutter, an den einstigen Salon, dort hatte es immer schon so gerochen, ich sah den Kunstseidevorhang, Polypenblumen, und ich war entschlossen, ihn zu warnen.

So was kann nur ein Fachmann. Ulla also. Ich erfand irgend eine dumme Ausrede, was, ist ja gleichgültig, und so gingen wir zu Ulla. Ich wollte dann das Gespräch auf gewisse Krankheiten bringen, das war ja nicht so schwer, in diesem Spital, und so weiter ....

Ulla war nicht in ihrem Zimmer. Die Schwester sagte, sie assistiere bei einer Operation, es würde noch eine kleine halbe Stunde dauern.

Dann waren wir allein. Ich öffnete das Fenster. Die Luft über dem Spitalgarten war wie graue dicke Watte vor einer unendlich fernen verschlafenen Abendsonne. Weich und voll geheimen Schnees.

Ulla assistierte jetzt dem Primarius, gehorchte jeder seiner Bewegungen, jedem Blinzeln. Blitzende Instrumente, Äther, Chloroform. Ulla assistierte dem Primarius. Ich weiß nicht, wie es kam, aber auf einmal hatte ich den weißen Mantel an, der an der Tür hing, und auf einmal saß ich neben Axel. Auf einmal küsste ich ihn, küsste ihn mit großen wilden Lippen, küsste ihn zum ersten Mal.

Und dann beugte er sich vor. In seinen hellen kleinen zielsicheren Augen hundert – hundertzwanzig Kilometer Geschwindigkeit.

Und ich liebte ihn, liebte ihn mit den Fingerspitzen

und mit den Zähnen, ich saugte mich in ihn, ich genoss seine Kräfte, seine Bubenkräfte – lenkte sie, streichelte sie.

Irgendwo war ich einmal in einer dunklen Studentenbude auf einem zerknitterten Bett gelegen, voll Wut und Wissen. Braune Oliven, salzig ölige Oliven.

Und dann Regatta, Segelregatta auf blauer See, wie die Raubtiere kriechen die Männer über die Boote, wenden sich, schmeißen sich – während ich gleich einem Pfeil schlank und weiß ins Wasser springe, schäumende Gischt, im vordersten Boot ist einer, der reißt das Segel herum.

Und im Nebenzimmer räuspert sich ein großer blonder Mensch, der zweite Assistenzarzt, Doktor N. N., der Kollege aus dem Nebenzimmer.

Dann aber stand ich plötzlich in der Tür, an dem Fenster lehnte erhitzt und verlegen die Fremde, eine Nonne, der man eben den Schleier abgerissen.

Ich wusste alles – ach Unsinn, wie sollte ich es auch nicht wissen?

Ulla gab uns Tee und belegte Brötchen. Sie selbst rührte nichts an. Und ich saß dabei, saß neben Axel und dachte an den Primarius, der durch die weißen Korridore hinkt. Ich möchte ihn einmal lächeln sehen.

Nun bin ich Axels Geliebte. Nein, ich bin nicht Axels Geliebte. Aber Axel ist mein Freund. Das ist ein großer Unterschied.

Und ich betrüge nicht Grete. Ich betrüge Ulla. Das ist auch ein Unterschied.

Ich bestehle sie sogar. Ich stehle ihr das Leben aus dem Leib. Ist das nicht Mord? Ich küsse Axel mit ihren Küssen. Ist das nicht schlimmer als Mord? –

Ich schwöre es, ich habe es nicht gewollt. Ich will es nicht. Ich habe Angst. Mit der Horky hat es angefangen. Dann kamen die andern. Grete. Ulla. Wann kommt Anette? Es wird immer schlimmer. Jemand schielt auf mich. Aus allen Spiegeln schielt es auf mich. Ich kann mich nicht mehr von vorne sehen.

Es ist Winter, kristallharter, schneidender Winter. Ich schlafe nachts bei offnen Fenstern. Wenn auch morgens die Schläfen schmerzen, was schadet das?

Ich arbeite sehr viel. In der Bibliothek wird man auf mich aufmerksam. Axel erzählt mir jedes Experiment, jeden Vortrag, den er halten will. Das alles klingt sehr tüchtig, er versteht sein Fach. Genial ist er nicht. Er kann wunderbar chauffieren. Er könnte nicht die kleinste Hebelvorrichtung selbst erfinden.

Ich glaube, ich fühle mich wohl. Wir sehen uns regelmäßig. Grete besuche ich gar nicht mehr. Es ist besser so. Mein Leben ist geordnet. Axel ist ein Requisit dieses Lebens.

Ulla verfolgt mich. Nein, das ist bestimmt keine Einbildung. Immer ist sie da. Oder sie telefoniert. Was will sie nur von mir? Sie stört mich. Sie hat so was Fragendes in ihren Blicken, die Eiswasseraugen sind wie aufgetaut. Ich habe ihr doch nichts getan? Wenn ich mit Axel von ihr spreche, so geschieht das immer nur mit dem größten Respekt. Die Sache von ihrem Vater erwähne ich nie. Axel ist ja in solchen Dingen so beschränkt. Er glaubt, alle Frauen leben wie Grete, bestellen sich die Hebamme einfach ins Haus. Bleiben sanft und unerreichbar, auch wenn ihnen der Druck und die Not des Lebens bis an den Hals steigt. Ich würde ihm nie was von den Berliner Tagen erzählen.

Die jämmerliche Geschichte von Herrn Kmunke und seinen Hosenträgern war lange nicht das Ärgste. Ulla war eben hungrig gewesen. Die Idee, sich von irgend einem Kmunke auf irgend einer Berliner Straße das Leben retten zu lassen, ist dann gar nicht so unnatürlich. Axel könnte man so was nicht auseinandersetzen. Er hat nie gehungert.

Der Primarius vielleicht. Der Primarius hat kantenscharfe farblose Lippen, öffnet sie kaum, wenn er spricht. Aber wenn ich ihn einmal lächeln sehen werde, Herrgott, dann werde ich wahnsinnig, denn –

Nein, das schreibe ich nicht, das schreibe ich nicht. Es gibt auch Dinge, die man nicht schreiben kann. Ich will es nicht wissen.

Da schreibe ich lieber von ganz was anderm. Meinethalben auch von Berlin. Die Sache mit dem Journalisten, mit Herrn – nein, nicht den Namen! Man muss sich doch nicht bis ins Letzte ausliefern. Jeder Mensch kennt diesen Namen. Oh, er ist ein berühmter Schriftsteller. Zwischen den gedruckten Zeitungszeilen riecht man grünlichen Schleim. Er ist sehr geschickt, hat viel Geld. Erpressungen.

Das Schlimmste ist: Es war nicht unbedingt notwendig, dass Ulla zu ihm ging. Sie hatte von Hermann aus Amerika Geld bekommen, Geld, mit dem sie achtzehn Tage lang leben konnte. Da geht man nicht zu Herrn – sagen wir zu Herrn X.Y.

Ulla hatte von ihrem Vater einen Brief an diesen Herrn, denn er war mit dem Vater in die Schule gegangen. Vielleicht gab es bei ihm eine Arbeit. Stenographie und Schreibmaschine in der Redaktion. Vielleicht konnte sie sogar seine Sekretärin werden.

Sekretärin des Herrn X.Y.! Nein, das könnte man nicht einmal dem Primarius erzählen. Dann noch viel eher eine Nacht lang für Oberrevident Kmunke die »Puppe« sein. Denn was sind Herrn Kmunkes bauchige Ehebetten gegen das Gift einer bestochenen Presse. Um es gleich zu sagen: Ulla hat auch diesmal versagt. Aber die Schande ist, die Schande bleibt, dass sie auch hier einen Versuch machte.

Schuld daran war vor allem die Stadtbahn und Otto Webers Trauermagazin. Ulla fuhr beinahe täglich mit der Stadtbahn in eine Arbeitsvermittlungstelle. Dreiviertel

Stunden fuhr sie durch die Hölle verrußter Hinterhäuser mit winzigen Balkönchen, Gardinen, jawohl Gardinen vor den Fenstern. Durcheinander stehen diese Häuser, wie weggespien von einem boshaften Korso. Manchmal brennt noch eine trauliche Lampe über einem Lehnstuhl mit greisenhaftem Gespenst, Frauen in Nachtjacken stehen am Fenster, nein, sie stürzen sich nicht auf die Geleise, sie richten sich das Haar vor den trüben Scheiben, Kinderwäsche –

Oh, es ist unerträglich! Aber man braucht den Blick nur abzuwenden und man sieht riesengroß und schwarz die Plakate von Otto Webers Trauermagazin, billig, billig, zu Dutzenden, zu Hunderten wird dort die Trauer hergestellt. Man braucht nur die trauliche Lampe zu löschen, die Gardinen zurückzureißen und ohne Blick in die trüben Scheiben –

Die Angehörigen bekommen, was sie brauchen, in Otto Webers Trauermagazin.

Nach so einer Fahrt ging Ulla, die den Brief des Vaters seit Wochen in der Tasche trug, plötzlich und ohne nachzudenken zu Herrn Chefredakteur X. Y. Sie trug den alten gefärbten Sommermantel. Was schadete das? Er war doch einmal mit Vater in die Schule gegangen. Zwei arme Judenjungen in einer polnischen Kleinstadt.

»Aufgang nur für Herrschaften«. Die Portiersfrau warf ihr einen misstrauischen Blick zu. Na, eine »Herrschaft« war Ulla wirklich nicht.

Dazu kam, dass sie in der Menstruation war. Da bekommt ihre Porzellanhaut immer einen leicht vertrockneten Ton. Es war kalt. Sie hatte Krämpfe.

Misstrauen des Stubenmädchens. Warme Teppiche. Der Brief wird dem Herrn überbracht. Warten in einem erstickend weichen, erstickend reichen Raum, Seidenkissen. Wände voll Büchern.

Dann saß Ulla vor einem Menschen – ich weiß nicht mehr, ob er graue Augen hatte oder blaue, eine lange oder eine kurze Nase, ob er groß oder klein war, vielleicht trug er auch einen samtenen Hausrock. Aber seine beiden Lippen waren Reptile, nackte, glatte, schlängelnde Reptile.

Ulla konnte nicht sprechen. Sie roch auf einmal wieder grünen Schleim zwischen Zeitungszeilen. Ihr wurde übel.

Und Herr X. Y. musterte sie. Nein, nicht mit den Augen, sondern mit den Lippen. Und die Reptile sagten: – Warum sehen Sie so schlecht aus? Eine Frau darf niemals schlecht aussehen.

Und die Reptile schlängelten sich über den gefärbten Sommermantel, krochen durch die klaffenden Fischmäuler des verschlissenen Kleides. Das Hemd, das Hemd, sie hatte seit fünf Tagen nicht das Hemd gewechselt, Ulla, die beste Turnerin, die beste Schwimmerin der ganzen Klasse.

Ach, Herr Oberrevident Kmunke hatte sie wenigstens noch auf Würstchen, Brötchen und Salat eingeschätzt, aber dieser, dieser Herr X. Y. hielt ihren Wert sofort für gleich null. Sie war gekommen, um Arbeit zu suchen. Eine Frau darf nicht schlecht aussehen.

Was dann gesprochen wurde, weiß ich nicht. Sie saß ganz still vor ihm, antwortete kaum. Sie sehnte sich nach einer langen, unendlich langen Injektionsnadel. Mit Reptilen kämpft man nicht. Reptile vertilgt man.

Aber lieber, tausendmal lieber stürzt man sich aus einem Gardinenfenster vor die Stadtbahn, einer Lokomotive, einem gähnenden Otto Webers Trauermagazin in den Rachen, als dass man Hilfe sucht bei einem – nun eben bei einem Herrn X. Y.

Ulla schrieb mir kurz darauf einen verzweifelten Brief. Und was tat ich – ich ging ganz einfach zum Herrn von und pumpte ihn an. Er war so erstaunt, dass er mir sogar eine ganz anständige Summe gab. Ach was, wenn man zum Herrn Chefredakteur X. Y. gehen kann, um ihn um eine Arbeit zu bitten, so kann man auch zum Herrn von gehen und Geld von ihm verlangen. Schließlich war ich ja seine Schwägerin. Wir saßen einander an einem Kartentisch gegenüber und da erzählte ich was von Spielschulden. Ich glaube fast, das imponierte ihm.

Bea spielte damals rasend viel Bridge und Poker. Warum sollte nicht auch ich einmal Geld verloren haben?

Übrigens ging es uns gerade elendig. Papa war eben gestorben, Mama zog zu Bea. Ich konnte nur mit viel Stundengeben weiter studieren und suchte mir das Mietzimmer im vierten Stock, das ich jetzt noch bewohne, nur dass statt der Tapetenblüten mit Alpenwäldern und Wildbachbrücken seit Kurzem eine glatte sandgelbe Mauer ist. Es war eine graue Zeit. Als ich eines Sonntags Mama besuchte, hatte sie einen Brief von Onkel Max. Aus Liverpool. Ohne Datum.

Es waren nur ein paar Worte. Oh Papa! Papa hatte dieselben Schultern gehabt wie Onkel Max, dieselben vorsichtigen und eckigen Ellbogenbewegungen. Papa! Sie hatten ihn eingegraben. Und Bea hatte Kinder vom Herrn von. Der Älteste war nicht ganz richtig im Kopf. Papa hatte so viele Sorgen gehabt in den letzten Jahren. Und Mama war alt geworden, weißes Haar –

Ich fiel ihr um den Hals und weinte. Ich weinte um sie und Papa, um Bea und ihre Kinder, um den salzig strahlenden Nordseenachmittag, an dem Onkel Max auf einem Schiff verschwunden war. Ich weinte vielleicht auch um mich.

Seit damals hatte ich kein einziges Mal mehr geweint.

Heute aber schossen mir die Tränen in die Augen, heiß und verzweifelt. Ich konnte nicht sehen, stützte mich auf die weiße Heizung auf dem weißen Korridor – Das weiße Mädchen mit dem Desinfektionseimer ist inzwischen sicher schon gekommen, hat meine Tränen fortgewischt.

Es ist ja alles so gleichgültig in so einem Krankenhaus. Aber Axel soll heute nicht zu mir kommen, nur heute nicht, ich kann es nicht aushalten, wenn er mit seinen festen verrauchten Zähnen lacht.

Nur heute nicht!

Also gut, er kommt nicht. Er war etwas erstaunt über die Absage. Aber was ist das? Mir rinnen ja schon wieder die Tränen. Da ist nichts zu machen, es lässt sich nicht mehr verheimlichen: Ich habe ihn lächeln gesehen.

Ich kam durch den Korridor, trübes Schneelicht hinter trüben Fenstern, und da stand er und sprach mit einer Kranken. Ein ganz junges Ding, vierzehn Jahre vielleicht, dunkel in ihrem gestreiften Spitalskittel, geschlitzte Augen. Anette? Nein, nicht Anette. Vielleicht ihre Schwester? Anette hat keine Schwester.

Und er lächelte! Lebendige Falten über die Wangen, die Augen voll süßem gütigen Glanz, die farblosen Lippen bewegt auseinandergezogen, aber dazwischen – tote Zähne, große, dumpfe, tote Zähne. Ein falsches Gebiss.

Ich hasste seine Mutter. Sie hat ihn als Kind von einem hohen Tisch fallen lassen. Als er in die Schule ging, hatte er nicht genug Frühstücksbrot bei sich. Er hat gehungert. Niemand hat sich um ihn gekümmert. Er war schon mit zehn Jahren zerstört.

Oh, ich möchte zu ihm eindringen, in sein eigenes Zimmer, wo sein Bett steht, seine Strümpfe aufbewahrt werden. Ich möchte ihn streicheln.

Ich möchte zärtlich sein mit ihm, unbegrenzt zärtlich. Ich bin noch nie mit jemandem zärtlich gewesen.

Aber ich kann nicht zu ihm hinein. Ich gehöre zum weiblichen Personal.

Zum weiblichen Personal – was das wieder heißen soll! Ja, zum weiblichen Personal des Herrn Zaunegger. Der bekommt übrigens langsam eine Wut auf mich. Dafür wird das Fräulein Marschall sehr freundlich. Heute hat sie mir von ihrem Thermophortee angeboten. Als ich nur die Flasche sah, wurde mir übel.

Mir ist jetzt überhaupt oft übel. Und Axel kommt so oft. Heute roch er wieder nach dem gewissen Ladenschwengelkölnerwasser. Der Primarius benützt überhaupt kein Kölnerwasser. Nur blasse und geruchlose Seife.

– Was hast Du denn? sagte er. Ich war gar nicht lieb mit ihm. Mit Axel nämlich. Eigentlich braucht er mich nicht. Grete kümmert sich darum, dass seine Strümpfe gestopft werden. Besorgt ihm neue.

Sein Auto ist in Reparatur. Als ich unlängst neben ihm lag, er atmete so gut, so tief, so gesättigt, und ich lag lange ausgestreckt, beinahe groß auf dem Rücken – am liebsten wäre ich in ihn hineingekrochen, unter seinen Arm. Klein geworden, ein kleines Mädchen. Es ist so schwer, eine Frau zu sein. Und noch dazu eine kluge Frau.

Ach was, ich bin gar nicht klug, ich bin eine Gans. Und wenn das so weitergeht, so hat mich der Herr Zaunegger bis zum Sommer aus der Bibliothek hinausintrigiert. Das kann er nämlich.

Außerdem fühle ich mich elend. Wie zugenagelt. Ewige Üblichkeiten. Gestern erst musste ich wieder von der Bibliothek nachhause gehen. Am liebsten bin ich zuhause und allein. Wenn nur Ulla nicht wäre! Da steht sie heute Abend plötzlich in der Tür und bringt mir Mandarinen. Woher weiß sie denn, dass ich so versessen bin auf Mandarinen?

Und ich weiß, es kommt der Tag, da sieht sie mich an mit ihren Eiswasseraugen und sagt –

Nein, nein, nein, ich will es nicht hören! Ich, ich bin schließlich immer noch und trotz des Herrn Zaunegger die Bibliothekarin mit Alterspension. Ich lebe selbstständig, ich weiß, was ich will, was ich tun werde. Ich bin doch nicht das Mädchen G. E.

Ulla, die wüsste, was zu tun ist. Sie hat es ja sozusagen von frühester Jugend an gelernt. Pfui, das zu schreiben ist eine Gemeinheit. Aber Ulla war selbst immer mit sich gemein. Als sie ihren ersten Kopfsprung machte, wurde ihr totenübel, aber sie sprang gleich darauf wieder in das Schwimmbassin. Die andern klatschten in die Hände, schrien bravo, niemand hatte auch nur das Geringste bemerkt. Und es war keine Kleinigkeit, arm und erfolglos aus Berlin zurückzukehren, um doch noch und trotz aller Schande Medizin zu studieren. Ulla hat es durchgesetzt. Sie hat sich nie geschont.

Sie würde sich auch jetzt nicht schonen. Würde

nicht einen Tag ihren Dienst versäumen. Niemand hätte eine Ahnung, wie elend ihr ist. Nicht einmal der Primarius.

Herrgott, dass doch alles so kommen muss, wie man es schon seit jeher weiß! An dem Tag, an dem die Zeitung mit der Geschichte von dem Mädchen G. E. im Atlas steckte, mitten in der Karte von England oder Brasilien oder der skandinavischen Halbinsel, an dem Tag wusste ich, dass es so kommen wird, so kommen muss. Warum denn gerade nur das Mädchen G. E.? Ich legte den Kopf auf die Arme über der polierten Schulbank. Alles Grauen, alles Entsetzen jenes fremden verbluteten Mädchens steckt in mir, jawohl in mir. Meine Brüste waren arm und vertrocknet, wo wird mein Kindchen trinken? – und es roch nach Fleischsuppe.

Diese Fleischsuppe! Daran konnte ich es sofort erkennen. Die ganze Stadt kocht jetzt Fleischsuppe. Es ist unerträglich. Axel –

Nein, nur nicht an Axel denken. Nicht ihn sehen und vor allem nicht, ihn riechen. Gestern blickte ich in den Spiegel, nachdem ich eben – wozu das eklige Zeug auch noch schreiben? – Ich blickte also in den Spiegel und ich sah seine kleinen frechen Bubenaugen ganz dumm und neugierig erschrocken, ein blondes Gesicht.

Ich werde den Spiegel weghängen. Man braucht keine Bilder an den Wänden. Spiegel sind Bilder. Immer wieder andere, unerträglich neue Bilder.

Die Fremde ist fort. Kommt nicht einmal mehr in

die Bibliothek. Ich habe die Fremde nicht lieb, ich habe Angst vor ihr. Aber ich sehne mich nach der Fremden.

Ulla ist schuld, Ulla allein ist an allem schuld. Wenn man mich vor Gericht zitiert, ich bin es einfach nicht gewesen, ich lehne die Verantwortung ab, ich weiß von nichts.

Also, Ulla sah mich an mit ihren erbarmungslosen Eiswasseraugen und sagte: – Diesmal ist es wirklich wahr. Was wirst du tun?

Ich hätte ihr am liebsten ins Gesicht geschlagen, wir saßen einander in der Straßenbahn gegenüber, aber das geht doch nicht, vor allen Leuten. Überdies weiß ich nicht genau, ob ich Ulla überhaupt ins Gesicht schlagen könnte.

Ich gab keine Antwort. Als sie aber sagte: – Fahren wir zu Axel, fuhr ich mit. Ich fahre eigentlich immer »mit«. Das ist das Unglück.

Ulla war sehr blass. Trotz Creme und Puder. Ich spürte es. Da zitterte ich.

Was hat Ulla damit zu tun. Ulla, Ulla! Ich habe ihr doch nichts genommen, was sie jetzt wieder zurückhaben will.

Axel war nicht zuhause, aber Grete. Ulla hat das vorausgewusst, Ulla hat das gewollt, sie hat es berechnet. Ulla ist ja so klug. Zu klug.

Übermorgen liege ich in einem Krankenhaus.

Axel war nicht zuhause. Aber deshalb musste es doch nicht schon auf der Treppe so leer sein. Wie tot. Das ganze

Haus roch nach faulenden Blumen. Die Uhr im Wohnzimmer war stehen geblieben. Auf dem Kamin lag aufgeschlagen ein vergessenes Buch. Und es war kalt.

Das Stubenmädchen meldete, dass Grete zu Bett sei. Sie fühle sich nicht wohl, aber wir sollten nur warten, sie würde bald kommen.

Warten auf Grete. Und Axel nicht zuhause. Grete – was ist das nur für ein Name? Grete? Verblasste Kindheitstage. Onkel Max hatte Grete einmal an seine haarige Hand genommen und sie in einen Kreis spielender Kinder geführt. Und dann standen wir alle auf einem Friedhof, trunkene Märzensonne, übermütige Tulpen, Hyazinthen – Und Grete lag zu Bett in diesem kalten und toten Haus, kalt und tot lag sie in kostbaren Spitzenkissen, die Fenster waren verhangen, nicht einmal Tulpen und Hyazinthen, nur ein ferner und verwelkter Duft von Wasserlilien.

Grete! Ulla blätterte in dem Buch vor dem Kamin. Grete – was ist das nur? Ich hatte Grete ja durch Wochen, durch Monate vollkommen vergessen gehabt. Und nun lag sie tot auf ihrem Bett. Um Gotteswillen –

Nein, sie war nicht tot. Sie trat ins Zimmer, sanft und blass. Sie trug ein lavendelfarbenes stilles Kleid und sie lächelte mit breiten weißen Zähnen und sie drehte die Lampe über dem Teetischchen an und sie ließ das Mädchen im Kamin Feuer machen.

– Es ist furchtbar kalt, sagte sie. Sie fröstelte. Sie war nicht tot. Die Lampe brannte unter dem seidenen

Schirm. Im Kamin zuckten die Flammen. Aber es wurde nicht warm.

Dann kam der Tee und dann – da soll der Teufel sich auskennen. Ulla ist ja verdammt gescheit und Ulla hat mich zu Grete geführt. Aber so raffiniert, so niederträchtig kann sie doch nicht sein, dass sie das alles vorauswusste.

Und doch, als das Mädchen den Tee brachte (dieses Mädchen hatte übrigens eine sonderbare Ähnlichkeit mit der Fremden), als das Mädchen den Tee brachte, lächelte Ulla. Einen Augenblick nur, vielleicht eine Zehntelsekunde lang. Ich sah es im Spiegel über dem Kamin, ich sah ihre weißen raubgierigen Zähne –

Nein, es ist gar nichts, gar nichts geschehen. Grete und ich, wir fuhren nicht aufeinander los, wir schrien nicht, wir weinten nicht einmal. Ulla hatte uns nicht zu beruhigen, sie rauchte bloß unzählige Zigaretten und wir tranken Tee.

Dieser Tee war lichtgrün. Grete sagte, es sei ein chinesischer Tee, ein Freund von Axel habe ihn aus Shanghai geschickt. Ein grüner Tee, man denke, ein lichtgrüner Tee, schmeckt nach Blütenblättern, leicht verfaulten süßen, leichenfahlen Blütenblättern.

Ich stellte die Tasse zurück auf den Tisch, schlug die Hände vor die Augen. Oh Gott, oh Gott, nur hier nicht erbrechen, nur nicht hier in Gretes gepflegtem Salon.

Als ich aufsah, saß Grete hochaufgerichtet vor mir. Sie sah mich an mit einem Blick – Nein, nein, das waren nicht Gretes Augen, die sanften die verständnisvollen, das waren Ullas Eiswasseraugen. Sie sah mich an mit einem Blick voll Hass.

Was ist da weiter noch viel zu sagen? Um Grete herum wird nichts gesprochen. Wir tranken schweigend den grünen Tee. Ulla sprach dabei einmal von Anette. Dann kam die Rede auf Axel. Und Grete erzählte, dass sie ihr zweites Kind erwartet.

Ich kann Grete nicht morden. Dazu liebe ich Axel viel zu wenig. Sie würde sterben ohne ein Wort des Vorwurfs zu ihm zu sagen. Sie würde an dem erstickten Vorwurf sterben. Aber sie würde es nicht ertragen, wenn gleichzeitig – sie würde es nicht ertragen, obwohl sie alles weiß. Und das ist das Entsetzliche.

Axel aber weiß nichts. Und er darf auch nichts wissen. Natürlich könnte ich lügen, sagen, das Kind sei vom Herrn Zaunegger oder sonst was Scheußliches. Aber wie soll ich es denn erhalten? Ein Kind kann man sich nicht auf Abzahlung beschaffen wie einen Pelz. Und aus der Bibliothek flöge ich auf der Stelle hinaus. Nicht einmal der gütige Primarius wollte mich, nein, dürfte mich unter dem weiblichen Personal behalten. Die sogenannte Freiheit der Frau, ein aufgelegter Schwindel, sagte Ulla, als sie mit mir die gewissen unangenehmen Wege macht. Übermorgen bin ich im Krankenhaus.

Ulla sieht furchtbar aus. Ihre Augen brennen blau. Das alles ist ihr unerträglich. Sie würde nie, niemals ihrem Primarius eingestehen, dass sie mir den Arzt dazu verschafft hat. Als sie mit ihm sprach, wurde ihr schlecht. Ich möchte am liebsten dabei sterben. Das alles ist so hässlich. Aber nein, das darf nicht sein. Dann käme Ulla womöglich auch noch vor Gericht. Wer weiß, ob ich schweigen könnte, wie das Mädchen G. E.

Übermorgen – heilige Maria, Muttergottes!

Ja, das betete die Horky immer mit mir vor dem Einschlafen. Gegrüßt seist du Maria – sie saß an meinem Bettrand – Du bist voll der Gnade – ihr Gesicht glänzte, als hätte sie es eben mit flüssigem Kerzenwachs eingerieben – Der Herr ist mit dir – sie trug eine blaue Küchenschürze – Du bist gebenedeit unter den Weibern – gebenedeit –

Ich fürchte mich immer vor diesem Wort. Ich wusste nicht, was es bedeutete. Es ist schwer und trächtig, voll Angst und Schicksal.

Gebenedeit ist die Frucht deines Leibes. Ich wusste nicht, was diese Frucht sein konnte. Ich dachte immer an eine große gelbe Birne. Die Horky aber betete mit mir so Abend für Abend. Die strohigen Haare hatte sie straff nach hinten gespannt. So saß sie an meinem Bett. Viereckig und fest wie eine Kiste.

Während das Tok-tok des Äthers mir das Hirn zusammenpresste, stieg schlank, kühl und porzellanweiß eine Gestalt aus mir heraus. Ich aber verblasste auf dem Operationsstuhl, die Beine grausam und gemein in die Höhe gezogen.

Als ich die Augen aufschlug, neigte sich eine sanfte Schwester über mich. Sie richtete etwas an meiner Decke. Durch ihre Hände liefen blaue Adern, sie waren leicht, gewichtslos wie Luft.

Da sah ich noch einmal in ihr Gesicht. Ach ja, natürlich, bekannte Züge. Die Fremde neigte sich über mein Bett. Ganz nahe war die Unerreichbare und voll furchtbaren Mitleids.

Drei Tage sorgte die sanfte Schwester nun für mich. Wir sprachen nie miteinander. Um ihre Lippen lag wie Schmerz ein tröstendes Lächeln. Mir galt es nicht. Wem galt es nur? Vielleicht dem Ungeborenen, das das Leben versäumt.

Oh dieses Leben!

Da lag ich wie ein leerer Sack auf einem fremden Bett.

Einmal kam eine fremde Dame zur Tür herein. Sie hielt einen Strauß Mimosen in der Hand. Das musste ein Irrtum sein. Blumen bringt man Wöchnerinnen, aber nicht –

Sie kam auf mich zu und sprach zu laut und hatte ein zu starkes Parfüm, und da merkte ich, dass es Ulla war.

Sie redete zu viel. Ob sie nicht doch noch Axel von allem verständigen sollte? Ach Unsinn, wozu! Was geht das ihn an. Und er hat eine so kindische Angst vor allem, was gegen das Gesetz verstößt. Außerdem ist es doch vorbei.

Vorbei – ja vorbei. Ulla sprach noch alles Mögliche. Ihre Blicke schweiften ausdruckslos über die Wände, Gott weiß, woran sie dachte. Die sanfte Schwester lächelte sie tröstend an. Ich glaube, ich bin noch in ihrer Gegenwart eingeschlafen.

Das alles hätte ich nicht schreiben sollen. Ich fühle ja schon die ganze Woche, die ich zuhause bin, eine seltsam quälende Unruhe. Ich verlege alles, Handschuhe, Bücher, und Bleistifte. Und wenn ich suche, finde ich nie das Richtige.

Seit ich aber wieder schreibe, weiß ich, was ich suche. Die Fremde, die Fremde, die sanfte Schwester. Das ist nur natürlich. Ich habe Axel gebeten, in nächster Zeit nicht zu mir zu kommen. Für Ulla war ich schon zweimal nicht zuhause. Man kann doch nicht so allein sein. Man kann doch nicht ganz allein sein. Ich kann es nicht. Ich bin im Stande und mache mit dem Herrn Zaunegger sonntags einen Ausflug. Oder ich bitte das Fräulein Marschall, abends mit mir ins Kino zu gehen. Ich kann es nicht aushalten.

Das Zimmer ist so leer, dass ich große Lust habe, um die idiotischen Alpenlandschaften und Wildbäche zu bitten, die früher hier die Wände verzierten. Und der Spiegel muss wieder her. Die sanfte Schwester soll auf mich sehen. Ich will nicht leben ohne die Fremde. Sie soll auf mich sehen mit tröstendem Lächeln. Auf mich. Denn auch ich habe ein Leben versäumt. Ein Leben? Hundert Leben, hunderttausend.

Ins Bett, ins Bett! Wenn nur die Decke nicht so kalt bliebe, als läge eine Leiche darunter. Und dann noch die Seife. Die Sache mit der Seife ist unerträglich. Ich kann mich waschen, soviel ich will. Die Seife wird nicht kleiner.

Wenn ich schreiben kann, sogar heute noch schreiben kann, an diesem Tisch, so wie immer, so kann es keine Einbildung sein, dass ich, ich, die Bibliothekarin mit –

Es ist doch unmöglich, dass alles, was hier steht, dass diese ganzen verkritzelten Blätter nicht von mir stammen, sondern von einer andern, von vielen andern, von vielen andern oder überhaupt von keiner Einzigen. Ich habe doch einen Pass, eine rechtsgültige Unterschrift. Ich –

Ja zum Teufel, wer kann mir beweisen, dass ich es bin? Ich? Wer ich? Wenn ich mir nicht einmal beweisen kann, wieso –

Herrgott, wer kann mir denn helfen, wenn ich es nicht kann. Wer kann mir erklären, dass – es ist zu grauenhaft es auszusprechen –

Dass der Spiegel leer war.

Ich hatte morgens die Bedienerin gebeten, ihn wieder an den alten Platz zu hängen. Der lichte Fleck an der sandgelben Wand sah auch zu abscheulich aus.

Und als ich nachmittags nachhause kam – ich stellte mich hin und starrte hinein. Die Fremde, um Himmelswillen, wo ist denn die Fremde? Kein Mensch, kein Gesicht, keine rufende Seele. Ist Grete denn tot, Ulla verschwunden? Wo ist Anette, Bea, die Horky und meinethalben das Fräulein Marschall?

Man kann doch nicht allein sein auf der Welt? Man kann doch nicht niemanden sehen, wenn man in einen Spiegel blickt.

Ich habe den Spiegel in den Lichthof geworfen. Der Fleck an der Wand sieht aus wie ein leeres Knopfloch, ein ausgeronnenes Auge.

In der Bibliothek sagte jemand, es sei unnatürlich warm. Das Fräulein Marschall trug eine weiße Bluse wie im Sommer. Von Axel kam eine Karte aus Paris. Er ist also in Paris. Ich habe die Karte sofort verlegt. Was auf ihr stand, ist schon vergessen. Ich vergesse jetzt alles. Mein Herz und mein Blut, sonderbar, dass ich noch warten kann. Auf was warte ich?

Heute morgen um halb acht. Ich lag noch im Bett, neben mir stand unberührt die Tasse Tee. Es fällt mir so furchtbar schwer, in die Bibliothek zu gehen. Und was geschieht schon, wenn ich nicht komme, dann sitzt eben eines Tages eine andere auf meinem Platz. Das Fräulein Marschall mustert sie aufgeregt von der Seite her, der Herr Zaunegger fährt sich mit der Zungenspitze über die Lippen –

Heute morgen also klopfte es plötzlich heftig und ungeduldig an meine Tür und herein trat ein armes Mädchen in vertretenen Schuhen, in einem filzigen grauen Mantel und mit einem neuen lachsfarbenen Strohhut – Ja, mit einem Strohhut. Es wird also Frühling.

Dieses arme Mädchen war Anette. Denn Anette ist arm. Morgens. Abends trägt sie ihre Waschseidenstrümpfchen und gewendete Tanzkleidchen. Das Schwarze um ihren Mund ist noch – ich kann es nicht anders ausdrücken, ist noch mehr geworden. Sie hat des Morgens Ringe unter den Augen und eine lederstumpfe Haut. Sicher schminkt sie sich sonst mit billigen und schädlichen Präparaten.

Anette setzte sich an meinen Bettrand. Sie trank meinen Tee und plapperte mit ihrer ein bisschen schnarrigen Stimme. Sie wolle nur eine kleine Gefälligkeit von mir, gar nicht viel, ein bisschen Gerichtsvollzieher und Pfandscheine im Frisiersalon, ein Freund in augenblicklicher Verlegenheit, das Ganze sei eine Sache von acht oder allerhöchstens zehn Tagen. Sie wäre nie auf die Idee gekommen, aber Ulla hätte sie geschickt. – Ulla. Ich zuckte zusammen. Ulla meldet sich jetzt gar nicht mehr bei mir. Aber Ulla denkt an mich, Ulla weiß alles, kennt die Zusammenhänge, versteht sie jedenfalls besser als ich. Ulla ist klug, zu klug, und wenn Ulla Anette an mich weist, so hat das seine Gründe. Das mit dem Geld ist natürlich ein Vorwand. Ulla denkt doch nicht im Ernst, dass ich da helfen kann. Ich bin ja noch ganz verschuldet durch den Pelz.

Oh, dieser Pelz! Da hängt er im flimmernden Sonnenlicht am Fensterhaken, grau und flaumig. Ich hasse ihn, das ganze Zimmer riecht nach Leder und Benzin, nach neugierigen grauen Tieren.

– Ich habe gar kein Geld, sagte ich zu Anette. Aber du kennst dich aus mit Versatzgeschichten. Wenn du den Pelz dort ins Pfandhaus trägst, kann ich dir leihen, soviel du willst.

Anette gab ein Piepsen von sich wie ein erschrockener Vogel. Im nächsten Augenblick hatte sie das Fenster aufgerissen, den Pelz am Leib und streichelte ihn an sich mit zitternden Fingern. Die schwarzen Haare hatten einen ganz neuen roten Glanz bekommen, wie karminfarbene Wolle. Sie schüttelte sie, dass die Sonnenstäubchen tanzten. Die ganze Anette flimmerte.

– Du, sagte sie, das ist ja großartig. Sie wischte mir mit einem nassen Kuss über die Wange und fort war sie. Ihr filziger Mantel lag auf meinem Tisch.

Mittags klingelte sie mich in der Bibliothek an. Sie hätte eben mit dem Pelz den größten Eindruck auf einen Theateragenten gemacht, alles stünde herrlich – Ich sah in die neugierigen Kugelaugen des Fräulein Marschall und fragte Anette, ob sie abends mit mir ins Kino gehen wolle.

Leidenschaftlich gerne. Aber lieber morgen.

Es war ein seltsamer Kinobesuch. Unsinnig und kindisch. Kindisch war schon, dass ich mir Anettes Mantel anzog. Aber er schien so warm mit seinem dicken Stoff – ein Stoff, wie aufgeplustert mit Luft, vielleicht auch mit Zigarrenrauch – und draußen war es plötzlich kalt geworden, ein beizender Sturm fegte durch die Straße, schleuderte mir harte, breite Flocken ins Gesicht.

Als ich aber Anette unter schreienden Glühbirnen und dem Plakat einer Frau mit Engelsantlitz sah, wurde ich plötzlich vergnügt. Sie trug meinen Pelz, der sich ganz sonderbar struppig an ihr ausnahm, darüber tanzte der lachsrosa Strohhut, und sie lutschte an einer Schokoladestange, die sicher mit rosa Creme gefüllt war.

Perolin, schlechte Zähne, Fußtritte und Maiglöckchenparfüm. Das im Anfang. Dann aber kam das Adagio aus der neunten Symphonie, Meeresbrandung und Anette schloss den großen Mund. Sie nahm den Hut ab, senkte den Kopf. Was für einen kleinen Kopf sie übrigens hat, schmal und oval und wenn sie ihn hängen lässt, erinnert er an eine traurige Traube.

Es war ein schrecklich trauriger Film. Die Liebenden wurden getrennt. Sie war arm, mit onduliertem Wuschelkopf und weißer Hemdbluse. Er aber war ein vornehmer junger Mann, ein Lord, er hatte edelgeschnittene Züge, herrliche lange Beine und ein Schloss, das vor der Auktion stand. Natürlich musste er der eleganten schwarzen Witwe in die Hände fallen, galt es doch, seiner alten Mutter das gewohnte Heim zu erhalten.

Anette schneuzte sich. Vielleicht weinte sie. Der letzte Rest der Schokoladestange fiel zu Boden. Das Perlentäschchen klirrte nach. Unruhe im Publikum. Immer passiert so was mit Anette. Schon in der Schule rollte immer der Bleistiftspitzer bis beinahe vor die Tafel, alle Kinder fuhren herum, Doktor Alexander sagte: – Na, lassen Sie nur, und Anette kicherte.

Anette kicherte auch jetzt: – Schau doch, die dumme Gans, bildet sich ein, dass ER sie liebt.

Sie sprach dieses ER mit großen Buchstaben und wie der Lord sich formvollendet über die Hand der dämonischen Witwe neigte, Palmen, Perserteppiche, Seidenpintscher und »Ich hab mein Herz in Heidelberg verloren«, flüsterte Anette mir mit heiserer schokoladeduftender Stimme ins Ohr: – Weißt du, wo ER jetzt ist?

– Pst, machte ein dicker Herr vor uns.

Und ich weiß gar nichts von ihm. Eigentlich nicht einmal, ob er lebt. Er war immer so viel in den Bergen, vielleicht ist er abgestürzt.

Anette und ich hielten uns an der Hand. Sprechen durften wir ja nicht miteinander. Wir zitterten, als das Netz des Schicksals sich um die Liebenden zusammenzog, wir fuhren auf, als Er am Tag vor der Hochzeit vom Pferd stürzte, wir wischten uns die Tränen ab, als die Blonde an sein Schmerzenslager eilte. Am liebsten wären wir ins Bild gesprungen, um der Nebenbuhlerin die Augen auszukratzen.

Alles nahm ein gutes Ende. Sonnenschein in der

Dorfkirche, Myrthen und ein italienischer Balkon mit ineinanderschmelzenden Lippen.

Anette lächelte selig zwischen dem zum Ausgang trampelnden Publikum. Beim Nachhausegehen hielten wir uns immer noch an der Hand. Es war noch immer kalt, aber der Sturm hatte ausgesetzt. Anette sprach von Doktor Alexander. – Ihm zuliebe hätte ich auch studieren können – Immer wieder gingen wir an meinem Haustor vorbei, so wie damals, als Mama jeden Tag zankte, weil ich so spät aus der Schule kam.

Ich warf den grauen Zigarrenrauchmantel von mir. Ich fiel schlaftrunken ins Bett. Ich träumte von Doktor Alexander. Er stand zwischen Palmen und Perserteppichen und ich versuchte furchtbar aufgeregt, ihm etwas Wichtiges auseinanderzusetzen. Er sah mich an mit edlem Blick, gleich darauf versuchte er aber sich das Lachen zu verbeißen.

Ein Glück, dass Anette jetzt so oft zu mir kommt. Sie hat sich mit ihrem Freund überworfen, er heißt Willy. Sie nennt ihn gewöhnlich Herr Willy, und er ist der Sohn einer größeren Delikatessenhandlung. Manchesmal hilft er auch im Geschäft, aber er muss nicht, und jetzt hat er sicher eine andere.

Sicher! Anette strampelte mit den Füßen, als sie mir davon erzählte. Natürlich liegt ihr nicht »so viel« daran, sie biss dabei in die Zigarette, ihre Zigaretten haben immer zerkaute gelbe Enden. Wir gehen gewöhnlich ins Kino oder in ein kleines Vorstadtkafe, wo Anette Kredit hat. Zu mir kommt sie nicht gerne. Es gefällt ihr nicht. – Es ist so nackt bei dir, sagt sie. Und vor ein paar Tagen brachte sie mir ein paar gelbe Mullgardinen mit maikäfergroßen Tupfen. Aus dem Geschäft der Mutter, das tatsächlich aufgelassen wurde. Die Mutter geht jetzt »ins Haus« frisieren.

Ich hätte die Gardinen nicht vor das Fenster hängen sollen. Ulla fände diese Gardinen unmöglich. Sie sind stickig, jawohl stickig. Es kommt kein klares Licht mehr in mein Zimmer. Aber Anette wäre sehr gekränkt, wenn ich sie wieder herunternähme.

Dem Herrn Zaunegger gefällt Anettes schäbiger Mantel, obwohl mein Pelz im Winter weiß Gott schöner war. Er streicht mir mit der Hand über den Rücken. Heute standen ein paar schmutzignasse Schneeglöckchen in einem Wasserglas auf meinem Schreibtisch und die Marschall sagte, ich hätte ein Buch falsch eingetragen. Sie ist wirklich eine gemeine Person!

In meinem Zimmer hängt wieder der eine Alpenwildbach mit dem vollbusigen Mädchen auf schwankendem Steg. Aber wo der Spiegel hing, gähnt noch immer ein hohler heller Fleck.

Anette war schon zwei Tage nicht bei mir. Sie hat mir jedoch einen Roman gebracht, den sie besonders liebt: Das Schicksal der Brigitte Helmer. So eine Geschichte mit Weibsstolz und Frauenwürde. Eigentlich schickt es sich nicht für eine nun schon bald langjährige Bibliothekarin –

Ach was, ich pfeif auf die ewige Bildung und Intelligenz. Als ich im fünfzehnten Kapitel las, wie die schöne und sanfte Brigitte Helmer, welche bei dem berühmten Rechtsanwalt, Doktor Johannes Rüdiger, eine Stelle als Maschinschreiberin angenommen hatte, in den Papieren ihres Herrn eben Ordnung schaffte und er, der mit Armen und Verbrechern sonst so gütige Mann, wortlos an ihr vorbei aus dem Zimmer schritt, weil – also, da musste ich sofort an Ulla und den Primarius denken. Ulla ist nicht eigentlich schön und schon gar nicht sanft und Ulla und der Primarius werden am Ende des Buches oder vielmehr am Ende des Lebens einander nicht heiraten, abgesehen davon, dass Doktor Johannes Rüdiger kein falsches Gebiss hat und unmöglich hinken könnte –

Aber ist das trotzdem nicht alles ein und dasselbe? Als ich im Bett lag, den Roman in der Hand, da durchschauerte es mich, wenn Doktor Rüdiger nur das Haus betrat. Und als Brigitte Helmer bei Nacht und Nebel mit zitternden Händen ein Billet löste, um sofort mit dem nächsten D-Zug abzureisen, Fahrtrichtung einerlei, aber fort, nur fort von ihm – da weinte ich. Große, warme, lebendige Tränen. Oh es ist herrlich, so zu weinen. Zart und unberührbar wie eine Marmorstatue mit Spitzenhemd lag ich in meinem Bett. Doktor Johannes Rüdiger saß mit aufgestützten Ellbogen an seinem Ebenholzschreibtisch, dachte halb wahnsinnig vor Sehnsucht und Verzweiflung an Brigitte Helmer.

Gut, dass diese Seiten schließlich doch nur von mir gelesen werden. Es ist eine Schande, was ich da zusammenkritzle. Geradezu lächerlich. Aber ich sehe daraus, dass ich doch noch weinen kann, dass mir keineswegs alles gleichgültig ist, dass ich, ich, jawohl ich in meinem Bett liege – während Anette in einem Lokal voll kaltem Rauch sitzt. Dem Wirt lohnt es nicht mehr einzuheizen, die alten Glühbirnen geben ein triefend rötliches Licht, an verschiedenen Marmortischchen sitzen Pärchen, fahle Jünglinge oder alte Herren, die Kellner haben fleckige weiße Jacken, einer hat auch was Schwarzes um den Mund.

Anette friert in meinem Pelz. Der neue Strohhut liegt auf einem Haufen Modejournale und zerlesenen Witzblättern. Sie ist allein bei ihrer Tasse wässerigen Mokka, sie ist allein. Nichts ist trauriger für eine Frau als allein zu sein.

Manchmal kommt auch ein Herr Direktor oder ein Ladenschwengel. Dann lacht sie mit ihrem Riesenmund, kreuzt die Beine, raucht und trinkt Eierpunsch. Das ist Geschäft. Den Herrn Willy hat sie sogar ein bisschen geliebt. Aber so geht es auch.

Liebe – das alles hat gar nichts damit zu tun. Richtige Liebe – das gibt es höchstens bei Doktor Johannes Rüdiger. Man muss ein ganz kleines Mädchen sein, um zu glauben, dass sie einem eins zwei drei nur so begegnet. Im Gymnasium. Im Gymnasium dachten wir daran bei Doktor Alexander. Jede einzelne glaubte: Heute, morgen, übermorgen ruft er mich mit einer Ausrede ins Konferenzzimmer, höchstens, dass es noch bis Weihnachten dauern kann oder bis zu den Osterferien, und dort zündet er sich eine Zigarette an, nimmt meine Hände in seine großen Klettertatzen und sagt: – Ich habe immer nur dich geliebt.

Doktor Alexander aber hat uns niemals ernst genommen. Es war ihm nicht einmal der Mühe wert, Skandal zu schlagen, als wir bei der gewissen Geschichtsschularbeit geschwindelt hatten, unsere Kenntnisse und unsere Ehrlichkeit waren ihm so gleichgültig wie unsere kindischen Nachthemden. Nur wenn Grete nicht da war, sah er auf ihren leeren Platz.

Axel hat Grete auch nicht richtig geliebt. Er sieht sie täglich, aber er schielt nach den andern. Als Anette ihr gelbes Chinesenlied sang, wäre er imstande gewesen, Grete neben sich verbluten zu lassen, nur um dieses armselige verdorbene Kind zu – ach Gott, gewiss nicht eben, um es zu lieben. Dabei fällt mir ein, dass Doktor Alexander, wenn Anette eine Dummheit sagte, auch so schmunzelte, wie Männer nun einmal schmunzeln, und dass der Herr Zaunegger, als es sich herausstellte, dass die Marschall mich wirklich bei einer falschen Eintragung erwischt hatte, gar nicht zankte, sondern nur – nun, dass er auch nur schmunzelte.

Seit ich mich bei der Waschschüssel vor dem Closett wieder einmal von ihm küssen ließ, ist mein Leben in der Bibliothek überhaupt viel leichter geworden. Gott, schön ist er ja gerade nicht und sein Schnurrbärtchen ist lächerlich struppig. Aber letzten Endes riecht er wie alle Männer nach Rasierseife und Zigarrenrauch. Und er ist so dumm! Wenn ich das bisschen mache, was er von mir verlangt, so kann ich die Bibliothek auf den Kopf stellen, überhaupt nichts arbeiten oder alles falsch eintragen.

Nein, das gibt es nicht, das ist doch nicht möglich! In der Scheibe hinten im Fenster – es hat doch nicht an das Fenster geklopft – ich fahre herum – in der Scheibe geschlitzte Augen und ein vergnügter grinsender Mund, sind meine Finger nicht rot?

Herrgott, Herrgott, ich bin ja nicht mehr allein, eingerahmt bin ich zwischen gelben Mullgardinen mit rosa Maikäfertupfen.

Was für ein Glück. Was für ein kleines, bescheidenes, schmutziges rosa Glück! Grete, Ulla, die Fremde haben mich verlassen. Aber Anette ist da, Anette atmet neben mir. Was liegt daran, dass ihre Strümpfe nur aus Waschseide sind, letzte Qualität, dass sie am Bauch die grässliche Narbe hat und um den Mund etwas Schwarzes. Sie trägt meinen Pelz.

Sie trug auch einmal echte schwere Seidenwäsche mit Ajours und Spitzen. Das war, während wir andern noch in die Schule gingen, in dem Wäschesalon, wo sie so grässlich stahl. Sie konnte natürlich nicht viel erwischen, ein paar Hemden und ein Unterkleid, das die Plätterin versengt hatte. Es war so ein warmes, verschleiertes Licht, wo die Damen probieren durften, hinten aber, wo die Mädchen arbeiteten, roch es nach Lichthofabfällen und Barchenthosen. Warum sollte da die kleine Anette, die man eben aus der Schule gejagt hatte, nicht auch ihre Freude haben! Die lichtgrünen Seidencombinations, die sie sich von ihren ersten heimlichen Verdiensten gekauft hatte, kamen ihr hier vor wie Glanzpapier. Sie warf sie weg. Sie schnupperte in die kleinen Ankleidekabinen hinein, fraß den satten Duft gepflegter Hüften. Die Damen mochten sie gerne leiden. Eine schenkte ihr einmal eine alte Seidenhose mit einem Fleck, der nicht herausgehen wollte, aber diese Hose roch so sonderbar, nach Quelques Fleurs und noch etwas.

Anette war sehr gerne in dem Wäschesalon. Hätte sie nicht gestohlen, weil sie das duftige Zeug gar so sehr liebte, sie wäre bei eben diesem Zeug mit Freuden geblieben. Was dann kam, war anstrengender.

Ob Axel von solchen Dingen überhaupt eine Ahnung hat? Er denkt gewiss, so ein Mädchen geht auf die Straße, weil es ihm Vergnügen macht. Ja, Vergnügen! Und er denkt, wenn Grete so was nicht tut, so ist es, weil Papa und

Mama es verboten haben. Dabei könnte Grete so etwas gar nicht, selbst wenn sie wollte. Weil ihr das alles gar keine Freude macht. Dieser Esel! Dass er das noch nicht gemerkt hat! Und Ulla könnte nicht, weil es ihr viel zu viel Freude macht. Davon weiß Axel überhaupt nichts.

Ich aber biss die Zähne zusammen, als ich heute Nachmittag mit dem Herrn Zaunegger – Wozu soll ich nochmals die Zähne zusammenbeißen, um das Ganze zu beschreiben? Er ist übrigens mit dem Fräulein Marschall verlobt. Heimlich. Beim nächsten Avancement wollen sie heiraten.

Was geht das mich an! Ich bekomme nächsten Freitag einen zweitägigen Krankenurlaub, macht mit Sonntag drei Tage, und dann fahre ich mit Anette wo hinaus. Es ist ja jetzt so herrlich, Wiesen voll Primeln, Hänge voll Frühlingserika, mittags reißt die Sonne einem die Haut vom Leib. Anette nimmt einen Spirituskocher mit. Sie hat entzückende Reisepantöffelchen, orange mit hohen gelben Absätzen.

Ach, es war berauschend hell in diesen drei Tagen. Anette trug ein erbsengrünes Sommerkleid. Sie ist ganz anders, wenn man sie draußen im Wald sieht. Übrigens dieser Wald! Die kleinen Tannen hatten ausgeschlagen, lange, grüne, lechzende Triebe, bei manchen waren diese Triebe länger als die Zweige. Sie sahen komisch aus, wie in den Flegeljahren.

Und Anette war im Stand, sich in das Gras zu legen

und einfach nur zu strampeln vor Vergnügen. Sie fand den schönsten Seidelbast und ihre gelbliche Haut wurde rostbraun, beinahe wie geräuchert.

In dem groben Leinen der Gasthausbetten steckte die Frühlingsonne. Es war weiß und körnig. Anette lag darin, braun und nackt und übermütig, so selbstverständlich, wie auf einer Wiese. Sie zog mich an sich heran und roch nach verstecktem Seidelbast. Die Kerzen brannten unsicher auf dem Waschtisch in einer Seifenschüssel. Anette küsste mich. Es war ja Gott sei Dank kein Mann da, der sie diese Nacht brauchen konnte. Sie hat so freche neugierige Finger.

Vor dem Fenster strahlte eine blühende Kastanie.

Woher weiß sie nur alles? Jeden fremden Leib nimmt sie in die Hand, als hätte sie Nacht für Nacht mit ihm in ihrem fleckigen alten Kinderbett geschlafen.

Die Bildhauerin muss es sie gelehrt haben. Die Bildhauerin hatte grünliche Zähne und verfallene Mundwinkel. Sie pflegte auch in dem gedämpften warmen Licht des Wäschesalon rieselnde Hemden zu probieren. Und manchmal streichelte sie Anettes Beine, die wie neugierige Stäbe aus dem schlissigen Wollröckchen guckten. Als Anette dann gestohlen hatte, suchte sie die Friseurin auf und bat, das Kind modellieren zu dürfen.

Aber sie modellierte Anette gar nicht. Ihre Hände griffen gierig in den Lehm und formten Tiere, immer nur Tiere. Lange, spitze, fletschende Mäuler, Raubtierzähne zwischen schmalen Lippen und Geweihe, wilde, zum Himmel strebende, unsinnige, grausame Geweihe. Das weiße Atelier mit den weißen Glaskugellampen war schon voll mit solchen Tieren. Anette fürchtete sich vor ihnen, wenn sie ausgestreckt auf dem Tigerfell lag, Opiumzigaretten rauchte und nur manchesmal faul, lässig und selber lüstern ein Bein in die Höhe streckte.

Es war eine schlimme Zeit. Die Bildhauerin trank furchtbar viel Whisky. Manchmal schlug sie Anette und dann weinte sie gleich darauf und küsste sie in den Mund. Sie schenkte ihr türkischen Konfekt, aber da bin ich noch immer lieber mit dem Herrn Zaunegger zusammen, wenn er mir auch bloß Haselnussschokolade gibt.

In der Bibliothek heißt es, dass er und Fräulein Marschall bald heiraten werden. Jedenfalls hat die Marschall sich die Haare schneiden lassen und einen neuen Frühlingsmantel gekauft. Hellgrau, Kascha.

Anette läuft immer noch in meinem Pelz herum. Dass ihr der nicht zu heiß wird. Mir ist es gleich. Nur gestern –

Also bitte, das, eben das wollte ich nicht schreiben. Ich wollte überhaupt nicht mehr von Axel schreiben. Ich hatte es mir fest versprochen. Aber plötzlich, mitten drin, rutscht er mir herein, steht er in meinem Zimmer, bestellt er Grüße von Grete.

Grete – ach, diesen Namen wollte ich auch nie mehr schreiben.

Ich kann nicht, ich will nicht mehr an Axel denken. Es tut mir auf einmal furchtbar weh.

Aber es ist unmöglich, nicht von ihm zu schreiben. Heute, nur heute noch ein einziges Mal muss ich –

Ich? Statt des Spiegels ein hohles Loch in der Wand. Schreibe denn überhaupt noch ich?

Haufen von beschriebenen Blättern. Wer – hat – das – alles – getan?

Also da stand Anette an das offene Fenster gelehnt, zwischen den getupften Mullgardinen, hinter ihr nichts als schwarze Sommerluft und den Pelz trug sie natürlich, ich aber plättete mir eben ein luftiges Kleid. Wir wollten ins Kino oder ins Kaffeehaus, vielleicht auch zu einem Gartenkonzert, da kam Axel herein und, das ist jetzt bestimmt keine Einbildung, trat auf sie zu, auf Anette nämlich, sie trug meinen Pelz –

Er erschrak. Und ich auch. Wahrscheinlich ist auch sie erschrocken.

Es war so einer seiner Besuche, wie er sie manchmal macht, um zu zeigen, dass er ein, wie sagt man doch, ein »anständiger« Mensch ist. Und diese Besuche wurden schon nachgerade etwas langweilig, nur gestern war es so aufregend.

Schuld daran hat natürlich nur Anette mit ihrer kindischen Laufmädchenphantasie.

Denn während Axel auf meinem Bett saß (auf den Lehnen der beiden einzigen Stühle lag das Plättbrett) und Anette verstohlen an einer Zigarette kaute, hörte ich mitten während des Plättens, ich sah auf das Kleid, es hat so überflüssig viel Fältchen, also – Nein, ich kann ja nicht mehr deutsch schreiben, Doktor Alexander sagte auch schon immer: nur nicht verhaspeln, Zeit, Zeit, und Ruhe ......

Ich glaube, ich werde von vorne beginnen. Keine Umschweife, es muss ja doch einmal raus: Gestern Abend saß, allerdings nur einige Minuten lang, Doktor Alexander auf meinem Bett. Unser Doktor Alexander. Er lächelte mit seinen verrauchten Zähnen beinahe verlegen, um seine Gleichgültigkeit zu verbergen, er war nackt und rot unter der braunen Bergfarbe und erzählte von einer Kletterpartie und tastete dabei mit seinen Tatzen über meine Decke.

Ulla würde sagen: – Warum soll Axel denn nicht auch einmal von einer Bergtour erzählen? Aber Ulla versteht gar nichts. So klug sie auch ist. Anette hingegen – Anette sah auf ihn, wie er so vor ihr saß. Das ganze Zimmer wurde goldig wie der letzte Akt einer Revue. Er machte eine spöttische Bemerkung über die Mullgardinen. Ich konnte nicht weiter plätten. Das war wie ein Stich.

Und dann kam das Böse: Er lud mich ein für Dienstagabend, eine kleine Gesellschaft, auch Ulla wird dabei sein, ein paar Freunde, und er küsste mir die Hand und verabschiedete sich und sah nicht Anette, die im Fenster lehnte, er hatte sie einfach vergessen. Er ging zur Tür hinaus, ganz groß geworden und voll furchtbarer Macht.

Doktor Alexander hatte uns ja auch nie ernst genommen. Er hatte geschmunzelt, wenn Anette eine Dummheit sagte. Aber lieb gewesen – mit Anette ist überhaupt nie jemand lieb gewesen.

Doch einmal, einer, aber das ist schon lange her und der hat nicht recht gezählt. Das war in der Zirkuszeit, als Anette Eisenstangen zerbiss und vier dicke Männer über eine auf ihr liegende Brücke trampelten. Anette war ganz in Purpursamt gekleidet, trug eine goldige Löckchenperrücke und musste sich die braune Haut weiß schminken – so wollte es der Direktor. Sie zogen in trostlosem Novembernebel von Stadt zu Stadt, drei Elefanten gehörten zur Truppe, und wohin man treten mochte, überall lag Pferdemist.

Anette fand großen Beifall. Sie verneigte sich mit pagenmäßiger Anmut. Sie hätte Karriere gemacht, totsicher, wenn die Lungenentzündung nicht gekommen wäre. Sie war so weiß, so unschuldig – und vier dicke Männer trampelten ihr über den Leib.

Hinter der Manege aber stand Abend für Abend der Schlangerl. Der Schlangerl war so dürr und vergilbt, dass kein Mensch erraten konnte, wie alt er eigentlich war. Vielleicht war er sogar noch jung.

Er war der Glanzpunkt des Etablissements, wenn er auch die niedrigste Gage bezog. Er wand sich in unzähligen Windungen, eigentlich hätte ihm das Herz aus dem Leib springen müssen, den Zuschauern knackten alle

Wirbel – er war der perfektionierte Schlangenmensch. Und hatte große, grüne, gütige Augen.

Alle Abend hing er Anette nach ihrer Nummer unendlich behutsam einen Hermelinmantel, der ihm allein gehörte, um die Schultern. Wenn sie gegen Morgen nachhause kam, kochte er ihr heißen Tee. Er trocknete ihre Schuhe an seinem winzigen Eisenöfchen. – Anna, sagte er (er sagte nie anders als Anna), du gehst bestimmt noch einmal vor die Hunde.

Und wie dann in Brunn die Geschichte mit dem Bürgermeistersohn war, der ihr zwei Tage vor seiner Hochzeit die Ehe versprochen hatte und auf den sie dann vergeblich drei Stunden hinter dem großen Karussel im Regen gewartet hatte, um sich die Lungenentzündung zu holen – heut wäre sie dazu nicht mehr imstand, auch nicht für den Herrn Willy – da war es der Schlangerl, der für ihre Nummer einsprang, der zum Doktor lief und sie ins Spital bringen ließ. Er zog dann mit der Truppe weiter, denn er war ein pflichtgetreuer Mensch.

Oh Gott, das ist ein verrücktes Leben. Viel zu viel und man hat nichts davon. Die Marschall möchte sich ein Bein ausreißen, wenn sie wüsste, was in so einem Zirkuswagen alles los sein kann. Aber sie hat keine Ahnung von nichts.

Verflucht, schon wieder eine unmögliche Geschichte. Schon wieder mit Axel. Was bin ich denn so aufgeregt?

Ich – ich werde einen Entschuldigungsbrief schreiben. Ich hätte niemals hingehen dürfen – Er hat mich gar nicht wirklich eingeladen. Das war nur Höflichkeit. Weil er ein feiner Mensch ist. Mich nicht kränken wollte. Ich passe nicht in seine Gesellschaft. Und dann das ordinäre Lied! Wie er geschmunzelt hat. Axel! Meinethalben alle andern. Aber Axel – was denkt er denn eigentlich von mir? Und die Handbewegung, als er mir in den Mantel half –

Nein, ich werde Grete keinen Entschuldigungsbrief schreiben. Diese Gans! So schrecklich war mein Lied wieder nicht, dass sie gleich aus dem Zimmer rennen musste. Aber Axel werde ich schreiben. Er soll nicht glauben, dass ich »so eine« bin. Ich habe ja nie gewusst, dass ich ihn liebe. Ich bete ihn an. Er ist hundert-, er ist tausendmal schöner als Doktor Alexander. Ich werde in seine Vorlesungen schleichen. Er hat eine Stimme, wie die Orgel, wenn viel Weihrauch ist. Ich werde ihm heute schreiben. Es tut mir leid, dass ich das dreckige Lied gesungen habe. Es tut mir leid – lieber Jesus, es tut mir ja so vieles leid. Ich möchte am liebsten weinen.

Heute morgen in der Bibliothek –

Ach was, ich schreibe nichts mehr von Herrn Zaunegger. Der Herr Zaunegger hat hier nichts zu suchen, der ganze Mensch ist ein Zufall, ein Witz, ein schlechter Witz noch dazu.

Überhaupt ist alles Zufall. Ich könnte ja reich sein, so reich, dass keiner mir was zu schenken brauchte.

Könnte auch aufgewachsen sein unter Milchglaslicht, könnte behütet sein, geliebt, geschützt. Ich brauche nur zu klingeln und das Mädchen kommt und bringt mir Limonade.

Ein feiner Herr, dieser Zaunegger! Krach in aller Früh. Heut hat er sogar Hure gesagt. Meinethalben. Was liegt schon daran. Aber wie darf man einem Axel die Hand geben, wenn man einem Herrn Zaunegger –

Nein, nein, ich schreibe nichts mehr von ihm. Muss ich denn überhaupt immer die Wahrheit sagen? Wo steht denn das geschrieben? Ich könnte doch auch erzählen, dass Axel Nacht für Nacht, so wie Doktor Rüdiger mit aufgestütztem Ellbogen an seinem Schreibtisch sitzt und an mich denkt, nur an mich, er hat Grete sein Treuwort gegeben, sechs Briefe an mich liegen in seiner Lade, er stöhnt, eine Träne fällt auf das Löschblatt – aber wenn er kommt, wenn er plötzlich, endlich einmal kommt, die Tür aufreißt, Grete kann sterben, was liegt ihm daran, er kommt, kommt zu mir –

Nein, nein, niemals! Das ist nicht wahr, das darf nicht wahr werden. Nur der Herr Zaunegger ist wahr, der steckt in mir, der hat schon mit so viel Huren verkehrt, dass – auch ich langsam den schwarzen Mund bekomme.

Das Fräulein Marschall aber wird Frau Zaunegger und wird eines Tages krank werden und wird gar nicht verstehen, was ihr fehlt, wird nicht wissen, wie diese Krankheit heißt – so ein dummes altes Mädchen weiß rein gar nichts.

Gestern war ich bei Ulla. Ich versuchte sie ein bisschen auszuholen über Symptome und dergleichen. Sie hörte aber gar nicht zu. Der Primarius hat Grippe. Über 39. Er hat eine eigene Pflegeschwester. Ulla hält mich übrigens für hysterisch. Sie verschreibt mir Brom.

Axel kommt, er kommt zu mir beinahe jeden Tag. Bei ihm zuhause sieht es aus, als läge schon wieder alles in den Wochen, obwohl das Kind erst in drei Monaten erwartet wird. Er ist abgehetzt und heimatlos. Kaum ist er in meinem Zimmer, so zuckt die elektrische Birne auf, die Luft wird goldig und alles ist voll Andacht.

Ich gehe in seine Vorlesungen. Unbegreiflich, dass so ein bedeutender Kopf wie er nicht schon weltberühmt ist. Er muss nach Amerika. Wenn ihn die häuslichen Verhältnisse nur nicht in jeder Lebensregung hindern wollten.

Ich bin überzeugt, ich weiß es bestimmt, ganz gewiss, ich spüre das Schwarze um meinen Mund, ewiges Brennen und – es ist entsetzlich. Wenn ich in das Spital komme, wird der Primarius sich vielleicht über mich neigen. Aber Axel darf mich nie mehr berühren. Er hält mich für verrückt, er begreift es nicht. Ich – ich kann es ihm doch nicht ins Gesicht sagen. Ich werde ihn nicht mehr zur Tür herein lassen. Es kann nicht sein. Warum bin ich nicht bei Grete Stubenmädchen? Warum darf ich nicht seine Schuhe putzen, seine Krawatten ordnen, seinen Schreibtisch abstauben? Ich will ja nichts anderes.

Ulla sagt, ich sei ganz gesund. Sie versteht gar nichts. Ich werde den Primarius aufsuchen, sobald er wieder ordiniert.

Axel ist nicht nur heimatlos. Axel ist gierig. Oh Gott! Ich will nicht, ich will nicht. Ich will nur seine Schuhe putzen. Heute hätte er mich beinahe geschlagen. Ich liebe ihn.

Es ist jetzt so heiß wie in jenem gewissen grellen und lauten Frühling, als die Mädchen alle hautdünne Blusen trugen und Doktor Alexander in Hemdsärmeln unterrichtete, wobei nicht einmal der Direktor was dagegen einwenden konnte. Ich fahre oft hinaus ins Grüne, aber alle Wiesen sind zu glatt und zu gepflegt, in den Wäldern hat man Papierschnitzel verstreut.

Ich möchte mich hineinwerfen können in saftige Blätter und fettes Gras. Ich möchte nackt sein dürfen und strampeln, bis der Geruch der Erde mir in alle Poren kriecht. Vielleicht springt mir ein Affe auf den Bauch. Gelbe Blumen ringsum und schwerblauer Himmel. Fülle, Fülle und Lust …

So aber gehe ich in einem geblümten Kleid – um jedes Sträußchen ist noch ein rosa Kreis gemalt, Ausverkauf, letztes Stück – immer noch Morgen für Morgen in die Bibliothek. An den Regalen schmilzt der Lack. Die Bücher kleben. Wie lange soll das alles noch dauern.

Ich halte es nicht aus. Die Schaufenster sind riesige Glashöhlen geworden, die Spiegel Wasserflächen unter Regenhimmel. Leer, alles leer. Nur die Leinwand im Kino ist belebt. Aber das traurige Mädchen gestern, das verstoßen wurde, missachtet und beleidigt, sah wieder aus wie die Fremde. Ich lief mitten drin davon. Was eine Dummheit war, denn das Ganze ging sicher gut aus. Happy End heißt man das.

Anette ist übrigens böse auf mich. Sie will mich nicht sehen, immer hat sie eine andere Ausrede.

Da stimmt etwas nicht. Sie wird sich doch nicht vor mir fürchten. Was das wieder heißen soll! Aber etwas stimmt nicht. Das alles stimmt nicht.

Es kann nicht gut ausgehen.

Ich werde abreisen. Vielleicht nimmt mich auch ein fahrender Zirkus mit. Denn Axel darf mich nicht küssen. Er ist der Einzige, der es nie und unter keinen Umständen wissen darf. Ich liebe ihn ja.

Gestern versuchte er es unter einem dunklen faulenden Fliederstrauch. Ringsumher auf Bänken lauter Liebespärchen. Hinter Gittern ein verschwommener Mond. Beinahe hätte ich geschrien. Ein Schutzmann wurde auf uns aufmerksam.

Wortlos begleitete Axel mich nachhause. – Geh zu deiner Frau, sagte ich ihm.

Warum erwartet sie ihn denn nicht, diese Frau? Warum bereitet sie ihm nicht Tee, wenn er nachhause kommt, warum streicht sie ihm nicht Kissen zurecht? Immer hat sie mit sich zu tun, diese Frau. Warum legt sie ihm denn keine andere ins Bett, eine Gute, Schöne, eine Gesunde? Warum hilft sie ihm nicht, warum – ich werde mich an Ulla wenden. Ach Ulla, die denkt an ihren Primarius, für sie ist ein Mensch wie Axel nur ein Spielzeug, oder bestenfalls ein angenehmes Narkotikum.

Soll ich vielleicht Anette – ich bin ja wahnsinnig.

Axel sagt es auch. Das heißt, er sagt nicht wahnsinnig, so ein Wort gebraucht man nicht am hellichten Tag, ohne gleich die Rettungsgesellschaft zu avisieren. Er sagt verrückt. Er findet mich verrückt, weil ich ihn liebe, weil es mir ganz gleichgültig ist, ob, ach was, ich würde ihn lieben, auch wenn ich keinen Mund hätte, um ihn jemals zu küssen –

Das versteht er nicht. Wie sollte er auch. Er hat ja seine Physik, seine Experimente. Er ist doch nicht da, um irgend ein dummes Frauenzimmer wie mich zu lieben. Er ist da, um groß zu werden und berühmt.

Dass sie es wagt, ihn daran zu hindern! Diese, diese –

Ich werde sie erwürgen.

Heute morgen gab es nicht nur Krach, es gab auch Skandal. Ich bin nicht mehr die Bibliothekarin mit fixem Gehalt, Krankenkasse und Alterspension – was bin ich denn jetzt überhaupt?

Aber es war zu komisch. Ich habe ihm Schwein gesagt, dem Zaunegger nämlich. Das hat ihm wohl noch keine gesagt und dabei war es schon die höchste Zeit. Es war ein Genuss.

Die Marschall war natürlich dabei und zwei alte Diener und ein Student. Eine großartige Scene! Was dachte denn der Kerl? War schon die ganzen letzten Wochen fuchsteufelswild auf mich. Na, kein Wunder, für den bin ich noch lange zu gut.

– Sie Fräulein, so geht das nicht, sagte er, weil ich um zwanzig Minuten zu spät kam. Sein Schnurrbärtchen sträubte sich. Etwas hing daran, vielleicht ein bisschen Haut vom Frühstückskaffee, da musste ich lachen und sagte Schwein.

Also, das war ein Skandal! Die Marschall kreischte auf, beide Diener liefen zu ihr hin, um sie zu halten, sonst wäre sie wohl in Ohnmacht gefallen, die zarte Braut, und der Herr Zaunegger rief krebsrot und heiser mit ausgestrecktem Arm: – Hinaus. Sie ordinäre Person! Na, fein bin ich auch wirklich nicht gewesen.

Was Axel sagen wird? Vor ihm ist es mich nicht ganz angenehm. Sicher findet er mich wieder verrückt. Das tut er jetzt ja immer. Ich habe ihn gebeten, mich heute Abend aufzusuchen. Was morgen sein wird, weiß Gott.

Ja richtig, ich vergaß ganz zu schreiben, dass meine Wirtin mich in aller Gemütlichkeit auf die Straße setzt. Erstens bin ich die Miete schuldig und zweitens kamen schon dreimal die Gerichtsvollzieher und klebten zum Schluss Zettel auf meine Sachen, weil ein paar Raten für den Pelz nicht gezahlt sind. Nette Geschichten!

Alles ist aussichtslos. Und das ist so am besten. Heute kommt Axel noch zu mir, ich habe wunderbare große Herzkirschen für ihn gekauft und eine Grapefruit, das mag er so gerne. Morgen bin ich fort, auf einer Landstraße, in einem Wartesaal, in einem Eisenbahnabteil oder in einem Zirkuswagen. Fahrtrichtung einerlei.

Wo Axel nur bleibt? Ich begreife das nicht, er ist doch sonst so pünktlich. Nun ist es schon ein Viertel nach neun. Aus lauter Langeweile zog ich meine Schreiberei noch mal aus der Lade. Ob die wohl auch als gepfändet gilt? Axel muss jeden Augenblick kommen, jeden Augenblick. Es wird ihm doch nichts geschehen sein. Er ist grässlich unvorsichtig mit seinem Auto. Am Ende ist er tot. Axel –

Herrgott noch einmal, es ist ja noch nicht so furchtbar spät. Solange nicht halb zehn ist, brauche ich mich wirklich nicht aufzuregen. Das hat gar keinen Sinn. Die Grapefruit ist heute nicht so groß wie sonst. Ich werde sie öffnen und für ihn zuckern.

Noch immer nicht. Dreiviertel zehn. Vielleicht wäre es meine Pflicht, sofort die Polizei zu verständigen. Er wird doch nicht böse sein auf mich. Ach Gott, diese grässlichen Zettel von den Gerichtsvollziehern. Es sieht wirklich nicht eben wohnlich aus bei mir. Ich werde ein bisschen Wasser holen und sie alle herunterwaschen. Bis ich fertig bin, ist er sicher da.

Halb elf. Ich habe drei Kirschen gegessen.

Halb zwölf. Ich weiß, wo er ist.

Zwölf. Nein, nein, das darf nicht sein. Grete ist schuld daran. Sie hat ihn ja dazu gezwungen. Immer schon war sie so tugendhaft. In der Schule merkte sie es nicht, wenn Doktor Alexander ihre Stimme hören wollte. Wenn man so ist wie Grete, darf man doch nicht einen Mann haben wollen, einen lebendigen Mann. Ihr ist es gleich, was mit ihm geschieht, ob er zu irgend einem Mädchen auf der Straße geht, wenn nur die Küche blitzblank und sauber ist und die Köchin gezahlt und zufrieden.

Sie weiß gar nicht einmal, wann er nachhause kommt.

Aber ich, ich, ich warte auf ihn. Ich kann ihm nicht helfen, aber ich –

Zehn nach zwölf. Grete muss sterben.

In dem Zirkus, dem gewissen, wo der Schlangerl sich das Herz aus dem Leibe renkte, einen Hermelinmantel besaß er auch, gab es eine alte Zigeunerin. Eine wilde Person, sie konnte Karten aufschlagen wie keine. Und sie kannte alle möglichen Mittelchen. Nicht Gift, oh nein, viel, viel hinterhältiger.

Man nehme ein Bild der gehassten Gegnerin, ein nacktes Bild und eine lange ausgeglühte Stopfnadel, man schlage dreimal das Kreuz und vergesse nicht, alle Türen vor dem Bösen zu verriegeln –

Ich habe kein Bild von Grete, aber ich möchte eine lange ausgeglühte Stopfnadel nehmen und –

Es wäre nicht ganz anständig, wenn ich nicht noch hinzufügen wollte, was weiter geschehen ist. Man könnte ja sonst wirklich meinen, ich sei eine Mörderin, ein frevelhaftes, abergläubisches Ding. Es würde sogar Leute geben, die behaupten wollten, ich sei schuld an Gretes Tod.

Das darf nicht sein. Ich halte es für meine Pflicht, jetzt, nach mehr als zehn Monaten wahrheitsgetreu zu berichten, wie weit ich in alle die Schicksale und Begebenheiten verwickelt war und bleibe und wie es dem Zufall oder der Vorsehung gefallen hat, mich zurückzuführen in die Grenzen des alltäglichen Lebens.

Es wäre aber auch undankbar, wenn ich all diese mit verschiedenen Schriften durchsetzten, wilden, verzweifelten und abenteuerlichen Blätter in den Ofen stecken wollte. Sie waren mir Halt und Hilfe. Wie schrieb ich doch im Anfang! UND DAS WORT IST FLEISCH GEWORDEN.

Deshalb soll dieses Buch hinaus zu jenen, die einsam sind und ihrer Einsamkeit nicht gewachsen. Wir wissen ja so wenig von einander. Viel zu wenig. Sonst wäre es nicht gar so schwer, allein zu sein. Sonst würden nicht Tausende im Glück und Leid einer Brigitte Helmer Trost und Genugtuung suchen müssen. Denn wir sind armselig und bescheiden.

Ich aber vermaß mich, das Geschick zu sprengen. Als Kind schon spürte ich die papiersteife Bluse der Horky an meiner Brust, im Nacken kräuselte sich Gretes goldenes Flaumenhaar, Ullas Hochmut durchschüttelte mich, ich spielte mit Anettes Polypenfingern, ich hasste die Fremde. Glaubt nicht, dass ich etwas Besonderes bin. Wir sind einander alle sehr ähnlich. Und es wäre nie so weit mit mir gekommen, wenn Onkel Max an jenem salzigen Nordseenachmittag nicht für mich verschwunden wäre. Ich war zu sehr in ihm verankert gewesen, um an mir selbst dann noch Genüge zu finden. So liebte und lebte ich mit den andern.

Nun aber ist mein Tag einfach geworden und eng. Und das ist gut so. Denn auch ich bin ein einfacher und enger Mensch.

Ich will versuchen, der Reihe nach zu berichten:

Nachdem ich die ganze Nacht lang vergeblich auf Axel gewartet hatte, trank ich gegen Morgen ein halbes Fläschchen Opium, das auf meinem Nachtkästchen stand. Kopflos und kindisch, wie ich überhaupt zu jener Zeit war, dachte ich, das würde genügen, um meinen Qualen ein Ende zu machen.

Ich wurde aber geweckt, jemand rüttelte mich und

schrie dabei unausgesetzt einen Namen. Ich schlug die Augen auf. Das Zimmer schwamm in roter Nachmittagssonne und neben mir stand Anette.

Es berührte mich sofort sehr eigentümlich, dass gerade Anette neben mir stand. Ich sank in die Kissen und fühlte mich wie ein leerer Sack, eine Empfindung, die ich übrigens die ganze Zeit nicht verlor bis – bis sich das Wunder ereignete.

Anette schluchzte laut, sie heulte eigentlich, und dann erzählte sie mir ruckweise, dass Grete in der Nacht gestorben sei. An einer Frühgeburt.

So grauenhaft es für mich heute auch klingen mag, ich empfand nichts, gar nichts. Als Anette mich bat, mit ihr in das Sterbehaus zu kommen, sie fürchte sich allein, aber man müsse doch zu Axel gehen, Ulla sei dort und erwarte mich, da kleidete ich mich automatisch an und ging mit ihr.

An den Weg kann ich mich nicht mehr erinnern, ich weiß nicht, ob wir zu Fuß, im Auto oder mit der Straßenbahn kamen, ich weiß nur, dass ich, als wir auf der Treppe waren, das Gefühl hatte, als hätte ich das alles schon erlebt und als wäre es deshalb nicht gar so wichtig. Es roch nach toten Blumen, die Uhr im Wohnzimmer war stehen geblieben, auf dem Kamin lag ein offenes Buch.

Die Fenster waren verhangen und in ihren Spitzenkissen lag Grete kalt und starr. War das wirklich Grete? Sie hatte so ein strenges, spitziges Gesicht wie –

Ich schäme mich heute, es auszusprechen. Aber ich

wollte ja der Reihe nach und wahrheitsgetreu berichten. Als ich zu Füßen von Gretes Bett stand, sah ich plötzlich vor mir kalt und starr die Fremde.

Mein Herz stand still.

Axel weinte und die Mädchen weinten und Ulla und Anette weinten. Sie waren alle so fassungslos, dass sie nicht merkten, dass der Junge im Kinderzimmer schrie. Weil mir aber alles ganz gleichgültig war und ich mich fühlte wie ein leerer Sack – ich muss auch das wiederholen, damit man versteht, dass ich verhältnismäßig vernünftig war, obwohl es natürlich höhere Vernunft ist, einer Toten nachzusterben – ging ich zu dem Kleinen und beruhigte ihn. Er schrie aber weiter und da merkte ich, dass er nass war, holte eine frische Hose aus der blauen Babykommode und zog sie ihm an. Er beruhigte sich und schlief bald darauf ein.

Ich blieb bei ihm und wie er so vor mir in seinem Bettchen lag, spürte ich mit einem Mal, dass er nach Mandelseife duftete. Ich sah den großen sanften und geschwungenen Mund des Kindes, Gretes Mund, und mir war, als erinnerte mich jemand Unbekannter daran, dass ich der Frau mit den gelähmten Beinen einen Schwur gebrochen hatte.

Ulla suchte mich aus dem Haus zu bringen. Sie gestand mir später, ich hätte einen vollkommen zerstörten Eindruck gemacht. Wie geistesabwesend. Da mochte sie recht haben. Ich war wohl geistesabwesend. Und deshalb brachte sie mich auch nachhause.

Es war schon Nacht und wir konnten die Tür nicht öffnen. Der Schlüssel steckte von innen im Schloss. Wir machten Licht und da lagen alle meine Sachen in einem Haufen vor der Tür. Die Wirtin hatte mich hinausgeworfen.

Ulla stellte ein paar kurze Fragen an mich, packte meine Habseligkeiten und mit einem Mal standen wir in Beas Haus, an Mamas Tür.

Ich weiß nicht, wie ich das jetzt schildern soll. Es war zu wunderbar und obwohl ich mir vorgenommen hatte, ganz vernünftig zu schreiben – also – mit einem Mal schlug mir der gebürstete Geruch der samtenen Vorhänge meiner Kindheit ins Gesicht, ich wachte auf (das kann ich nicht anders ausdrücken) und in diese Vorhänge lehnte sich Onkel Max.

Er war am selben Tag aus Indien gekommen.

Es ist ja ganz gleich, was dann geschah, dass Mama mich zu Bett brachte und Bea aufgeregte Fragen stellte, dass Ulla mit heiserer Stimme etwas zu erklären suchte und der Herr von einem Arzt telefonieren wollte. Ich empfand plötzlich einen heftigen, eigentlich rein körperlichen Schmerz über Gretes Tod und hörte dabei, dass Onkel Max im Nebenzimmer hin und her ging, mit großen Schritten, Papas Schritten, und einmal sagte er mit seiner braunen Stimme, Papas Stimme, so etwas wie »nicht um sie gekümmert«.

Ja, sie hatten sich nicht um mich gekümmert. Und, was das Schlimmste war, auch ich hatte mich nicht um mich gekümmert. Onkel Max war der Einzige, der das verstanden hätte. Er wusste ja auch, dass man eine Muschel lieben kann, eine gewöhnliche Muschel im Sand.

Was nun folgt, ist sehr einfach. Onkel Max las dieses Buch (er ist übrigens auch dafür, dass es veröffentlicht wird, natürlich nicht unter meinem Namen) und er fuhr mit mir im Sommer an die Nordsee.

Es war grell und herrlich. Und am herrlichsten war Onkel Max. Wir wanderten durch endlose Dünen im Glanz der muschelschillernden Nachmittage. Er ging immer ein paar Schritte vor mir, die Schultern leicht nach vorne geneigt, die Hände ein wenig tastend. So tastet er sich durch die ganze Welt. Kurz darauf reiste er nach Grönland.

Papa war ein Bankier. Bea heiratete den Herrn von. Onkel Max ist alt geworden. Aber er begreift es nicht und wird es nie begreifen, dass er ein einziges Leben als Mensch haben soll. Er verliert sich an Meer und Sand, Tiere und Sterne. Er wird immer wieder verschwinden. Und einmal kommt er nicht mehr zurück.

Ich hätte bei ihm bleiben können. Ich hätte auch sterben können und ich hätte wieder Bibliothekarin werden können in einer anderen Bibliothek und bei einem andern Herrn Zaunegger. Dem richtigen Herrn Zaunegger schrieb ich übrigens einen Entschuldigungsbrief. Ich hätte auch als Krankenschwester nach Amerika auswandern können oder bei Bea leben und ihre Kinder erziehen, meine Familie ist wirklich sehr lieb zu mir, und ich hätte mit Anette nach Paris fahren können. Allerdings weiß ich nicht, ob sie dort allein ist. Ich hätte auch Ulla bitten können, mir zu einer Arbeit zu verhelfen oder zu einem Mann, sie ist nebenbei bemerkt eine glänzende Ärztin, ich war wirklich nicht krank vom Herrn Zaunegger, ich hätte –

Hunderterlei hätte ich können. Aber in Spiegeln und Schaufenstern sah ich immer nur eine Gestalt. Mir wohlbekannt und wohlvertraut. Blass entschlossen. Die Fremde. Mich. Die Einzige.

Da kam Axel und bat mich bei ihm zu bleiben. Einen Augenblick dachte ich an Onkel Max, aber mir graute vor dem unendlichen Hintergrund, der hinter ihm verschwimmt. Axel hat gute, kräftige Arme. Er ist mir lieb und er hat Vertrauen zu mir. Der Junge hat seine Gestalt, wenn er auch Gretes Mund und ihre sanften feuchten Augen hat. Ein Kind mit diesen Augen muss man hüten.

Ich werde Axel heiraten. Ganz richtig heiraten mit Schlafzimmer, Küche und Telefon. Ulla würde das nie tun. Sie fände es pietätlos gegen die Tote. Sie ist großzügig. Aber das Leben ist klein und was kann man viel mehr tun, als gut sein gegeneinander. Wozu soll Axel nun wieder heimatlos und hungrig auf die Suche nach einer andern gehen? Anette passt nicht zu ihm. Und ich bin nicht Anette. Ich fühle keine Schuld.

So ist es am besten für mich und für ihn. Ich werde ihm eine gute Frau sein. Es wird kleinen Ärger geben und kleine Freuden, denn der Alltag der Einzelnen ist nicht großartig und nicht wunderbar. Ich werde an Grete denken, wenn er andere Frauen sucht. Ich werde schweigen und um sie trauern.

Sollte aber einmal mein Kind, meine Tochter – vielleicht wird sie der Fremden ähnlich sein, vielleicht wird sie mich trösten über das einsame Licht verhängter Abendlampen – entflammt und entrückt neben einem sonnverbrannten Mann stehen, so werde ich ganz still für mich allein im Nebenzimmer verschwinden. Ich werde mich zu beschränken wissen. –

An meinen unbekannten Leser

Eine Hommage an Maria Lazar (1895–1948)

ALBERT C. EIBL

Im Herbst 2013 wechselte ich für mein Masterstudium der Germanistik von Zürich nach Wien. Mit ihrem morbiden Charme, ihrer rückwärtsgewandten Leichtlebigkeit und ihrem überbordenden kulturellen Selbstverständnis hatte es mir die Stadt schnell angetan. Wie alle Studierenden eines Faches, das auf keinen praktischen Beruf vorbereitet, machte ich mir Gedanken, was ich in den kommenden Jahren mit meiner Liebe zur Sprache und zur Literatur anfangen sollte. Ich liebäugelte immer wieder mit dem Journalismus, hatte auch bereits eine Hospitanz im Feuilleton der *Frankfurter Allgemeinen Sonntagszeitung* bei Claudius Seidl und Volker Weidermann absolviert. Doch das Buch, in seiner kompakten, die Zeiten überdauernden Haptik, übte eine noch größere Anziehungskraft auf mich aus. Warum also nicht einen Verlag gründen?

Während eines mit klugen Freunden bei Wein und Jazz durchzechten, herrlich sprunghaft verplauderten Abends kam mir plötzlich, gleich einer Epiphanie, der klingende Verlagsname *Das vergessene Buch* in den Sinn. Verlage, die zeitgenössische Literatur in den Fokus ihres

Programms rückten und neue, junge Talente förderten, gab es in Österreich schon einige. Um die Literatur des Exils und der Vertriebenen kümmerte man sich aber sowohl von universitärer wie von Verlagsseite her noch viel zu wenig. Eine Marktlücke schien gefunden. Und die Idee, einen Verlag zu gründen, der sich vor allem für die Wiederentdeckung zu Unrecht vergessener Autorinnen und Autoren der ersten Hälfte des 20. Jahrhunderts stark machen sollte, begann in meinen Gehirnwindungen Gestalt anzunehmen.

In einer Vorlesung zur Literatur der österreichischen Zwischenkriegszeit, die ich damals bei Prof. Johann Sonnleitner an der Uni Wien belegte, hörte ich dann zum ersten Mal den Namen Maria Lazar. Gleich vielen anderen im Dritten Reich verleugneten und verfolgten österreichischen Schriftstellerinnen – wie zum Beispiel Hermynia zur Mühlen, Anna Gmeyner, Else Feldmann, Mela Hartwig, Grete Hartwig-Manschinger oder Marta Karlweis – war Maria Lazar zu diesem Zeitpunkt gänzlich in Vergessenheit geraten. Ihr Name fehlte in allen einschlägigen Literaturgeschichten und Fachlexika. Eine Internetrecherche ergab so gut wie gar nichts. Und bis auf *Die Eingeborenen von Maria Blut*, ihrem hellsichtigen Roman über das Heranreifen des Nationalsozialismus in der österreichischen Provinz, der durch die Bemühungen ihrer Schwester Auguste Lazar 1958 postum in der DDR erscheinen konnte, waren keine Ausgaben ihrer literarischen Werke verfügbar.

Das letzte Exemplar

Auch *Die Vergiftung*, Lazars expressionistischer Debütroman, den sie mit gerade mal zwanzig Jahren in den Wirren des Ersten Weltkriegs verfasste, war nur noch in einem einzigen Exemplar in der Österreichischen Nationalbibliothek einsehbar – ohne Buchdeckel wohlgemerkt. Als ich dieses kämpferische Erstlingswerk einer hochbegabt Unzufriedenen zum ersten Mal las, war ich tief beeindruckt. In einer solch unbarmherzigen, zersetzenden Sprache hatte noch niemand die Doppelmoral des Wiener Großbürgertums vor dem Untergang Habsburgs an den Pranger gestellt. Selbst die Vernichtungen des großen Karl Kraus nahmen sich dagegen beinahe versöhnlich aus. Bei aller zynischen Bösartigkeit seiner Verrisse und Raunzereien bleibt Kraus ja doch immer zu sehr den engmaschig geknüpften Konventionen des konservativen Bürgertums verhaftet, um an jenem einen echten Mord zu statuieren. Die junge Lazar hingegen trampelt noch mit Freude, in sprachlich überwältigender Weltzersplitterungsmanie, auf den nicht ganz erkalteten Leichnamen der Lauen und Bigotten herum, die dann in späteren Jahren zu den willfährigen Erfüllungsgehilfen der braunen Massenbewegung werden sollten: »Heute drang das Licht blendend durch Steine und die erstarrte Haut ihres Leibes. Von den Blättern troff es, grell und heiß, und duftete nach dem Blut aller, die auf der Straße gingen. Das Blau war zu tief, zusammengedichtet aus trotzigen Kräften.« – So heißt es 1920 in der *Vergiftung*, über deren vermeintlich »penetranten Weibsgeruch« sich Thomas Mann kurz nach Erscheinen des Buches in seinem larmoyanten Tagebuch mokierte, während ein anderer Jahrhundertepiker, kein Geringerer als Robert Musil, den »rücksichtslos unbefangenen Blick« und die »behende Kraft im Figuralen« der jungen Dichterin hervorhob. Von einer solchen Begabung dürfe noch einiges zu erwarten sein. Damit behielt Musil zweifellos recht. Aus trotzigen dichterischen Kräften, die sich nicht scheuen, das Barbarische immer wieder und in seinen unterschiedlichen Verwandlungen beim Namen zu nennen und das moralisch Richtige einzufordern, sollte auch Maria Lazars übriges episches wie dramatisches Werk gewebt sein. Ein Vermächtnis kompromissloser künstlerischer Unbeugsamkeit angesichts der entromantisierten Kargheit des großstädtisch-modernen Lebens und der Banalität des Bösen in dürftiger Zeit.

Mittlerweile, der Sommer 2014 senkte sich bereits verheißungsvoll-gleißend über Wien, hatte ich meinen Verlag *Das vergessene Buch* gegründet. Die GmbH war eingetragen und die Planung der ersten Buchpublikation stand ins Haus. Ich wusste, dass ich mit Lazars *Vergiftung* mein verlegerisches Debüt geben wollte. Ein *vergesseneres* Buch – und das zu Unrecht! – war wohl schwerlich zu finden. Gleichzeitig war mir klar, dass eine nachhaltige Wiederentdeckung der Autorin nur dann gelingen konnte, wenn ich es schaffte, für mein Verlagsprojekt einen arrivierten Literaturwissenschaftler als Herausgeber mit ins Boot zu holen. Am besten jemanden, der sich in seiner Forschung bereits eingehend mit der österreichischen Exilliteratur im Allgemeinen und mit dem Œuvre Lazars im Besonderen beschäftigt hatte und bereit wäre, ein substanzielles Nachwort zu meiner Neuausgabe beizusteuern.

Beschwingten Schrittes ging ich eines Nachmittags also in die Sprechstunde von Johann Sonnleitner, den ich zwar bereits von ferne aus seiner Vorlesung kannte, mit dem ich bis dahin aber noch kein Wort gewechselt hatte. Zu meiner großen Freude war er gleich Feuer und Flamme für meine Idee, zu Unrecht vergessene Autorinnen der österreichischen Zwischenkriegszeit durch sorgfältig edierte Neuausgaben dem Orkus der Vergessenheit zu entreißen. Per Handschlag wurden wir uns einig: Ich sollte bis zum Herbst einen Vertrieb für den Verlag auf die Beine stellen, eine geeignete Druckerei finden und Kontakte zu den Buchhandlungen knüpfen. Er würde sich bis dahin um den Satz des Buches kümmern, weitere Recherchen betreiben und mit einem Nachwort aufwarten.

Das Epizentrum in der Provinz

Und so begann die abenteuerliche Wiederentdeckung der erstaunlichen Schriftstellerin, Publizistin, Dramatikerin und Übersetzerin Maria Lazar, die in den folgenden

Jahren – wer konnte es damals ahnen? – zu einer nachgeraden Kanonisierung führen sollte: Bis dato entstanden an der Uni Wien unter der Betreuung von Johann Sonnleitner acht Diplom- und Masterarbeiten zu Maria Lazar und die internationale Germanistik hat sich ihrer in Tagungen und Fachaufsätzen als Forschungsthema angenommen. Nachdem unsere Neuausgaben der *Vergiftung* und der *Eingeborenen von Maria Blut* bereits 2015 im In- und Ausland ein breites mediales Echo hervorriefen, ist *Die Vergiftung* nun auch auf Spanisch und Dänisch erhältlich. *Die Eingeborenen von Maria Blut* sind ebenfalls bereits auf Dänisch erschienen.

Im Dezember 2019 feierte Lazars Einakter *Der Henker* (1921) am Wiener Akademietheater seine Premiere und läutete damit die Wiederentdeckung der Dramatikerin Maria Lazar ein, die bis dahin ebenfalls völlig in Vergessenheit geraten war. Über einen entfernten Verwandten der Autorin, Markus Oezelt, gelang es mir Anfang 2020, Kontakt zu ihrer Enkelin Kathleen Dunmore in Nottingham aufzunehmen und das lange verloren geglaubte deutsche Originaltyposkript ihres Weltwirtschaftskrisenthrillers *Leben verboten!* zu sichten. Als antifaschistische Tendenzschrift mit oppositionell-subversivem Subtext konnte das Werk begreiflicherweise nurmehr in einer gekürzten englischen Exilausgabe, nämlich 1934 in London, erscheinen. Es ist wohl kein Zufall, dass dieser Roman im Pandemiesommer 2020, als das gesellschaftliche Leben durch weitestgehende staatliche Restriktionen einen historischen Nullpunkt erreichte – das alltägliche Leben also, wenn auch aus anderen Gründen, verboten war – zum *Ö1 Buch des Monats* Juli gekürt wurde und danach, befeuert durch eine euphorische Besprechung von Literaturkritiker Denis Scheck im *SWR lesenswert Quartett*, schnell zu einem Österreichbestseller avancierte.

In diesem ihrem wohl spannungsgeladensten Roman, der zwischen 1930 und 1932 in Wien entstand, führt Lazar uns in atemloser Schnitttechnik die alptraumhaft-unwirklich schimmernden Jahre kurz vor der Machtergreifung der Nationalsozialisten in Deutschland vor Augen. Anhand eines zwischen die Mühlsteine einer drohend heraufdämmernden Zeitenwende geratenen Mannes ohne Eigenschaften, des jüdischen Bankiers Ernst von Ufermann, der nach einem Flugzeugabsturz eine neue Identität annimmt, um im Auftrag einer jungen nationalsozialistischen Revolutionärsbande ein ominöses Paket von Berlin nach Wien zu schmuggeln, zeigt Lazar, wie leicht es für den passiven Einzelnen sein kann, ohne böse Absicht zum Spielball von Kräften zu werden, deren zerstörerisches Potential man schlimmstenfalls erst dann erkennt, wenn es endgültig zu spät ist. *Leben verboten!* ist mittlerweile auf Niederländisch und Kroatisch erschienen, eine englische Ausgabe wird derzeit verhandelt, und seit Dezember letzten Jahres liegt eine deutsche Taschenbuchausgabe bei btb Random House vor. Wie Andrea Seibel in ihrer Besprechung für die *Lite-*

rarische WELT hervorhob, könnte man sich nach *Babylon Berlin* sogar vorstellen, dass eine Verfilmung erfolgreich wäre.

Den vorläufigen Höhepunkt der Wiederentdeckung und fortschreitenden Kanonisierung Maria Lazars stellt sicherlich die Dramatisierung der *Eingeborenen von Maria Blut* durch das Ensemble des Burgtheaters dar. In der Bühnenfassung von Alexander Kerlin und unter der Regie von Lucia Bihler wurde das Stück als eine der bemerkenswertesten Inszenierungen des deutschsprachigen Raums im Januar 2023 zum Berliner Theatertreffen eingeladen. Das fürchterliche Erdbeben, das schon bald über Europa und die Welt hereinbrechen sollte, und das Lazar bereits 1935 im dänischen Exil, Tür an Tür mit Bertolt Brecht und Helene Weigel, seismographisch vorausahnte, hat sein Epizentrum nicht in der Großstadt, sondern in der katholischen Provinz. In den Fabriken, am Marktplatz, beim Kaffeekränzchen und beim Friseur beginnt die tektonische Plattenverschiebung der Zivilisation, die dann unweigerlich zum Bruch führt, wenn der Typus des kleinen Mannes sich in seiner Verbitterung anmaßt, die Bühne der großen Welt zu betreten.

Notwehr des Geistes

Auch Lazars zweiter Roman, *Viermal* ICH, der Ende der Zwanziger Jahre in Wien entstanden ist, konnte nach dem großen Börsenkrach und dem Heraufziehen des

Hakenkreuzes nicht mehr erscheinen – und das obwohl hier politische Implikationen weitgehend ausgespart blieben. 1929 bietet sie das ungedruckte Typoskript einigen Schweizer Verlagen sowie dem Wiener Zsolnay-Verlag an. Ohne Erfolg. Zu restriktiv war die Kulturpolitik im deutschsprachigen Raum bereits jüdischen Autoren gegenüber geworden. Für ihren nächsten Roman *Veritas verhext die Stadt* greift sie daher zu einer List. Sie legt das Buch unter dem skandinavisch-klingenden Pseudonym Esther Grenen vor und gibt sich selbst als Übersetzerin aus dem Dänischen der bis dahin unbekannten, aber in ihren Augen vielversprechenden neuen Autorin aus. Die abenteuerliche Volte glückt: Der Kiepenheuer Verlag bekundet Interesse und lässt *Veritas verhext die Stadt* Anfang 1930 im *Berliner Tageblatt* und ab November 1931 in der bekannten Wiener Illustrierten *Der Kuckuck* als Fortsetzungsroman erscheinen – mit großem Publikumserfolg. Von da an hört die Schriftstellerin Maria Lazar auf zu sein, während die Autorin Esther Grenen ein überaus produktives Eigenleben zu führen beginnt. *Viermal ICH* wird Lazars letzter Roman sein, den sie unter ihrem Klarnamen verfasst.

Das gleichermaßen kecke, betroffen machende und unterhaltsame literarische Schelmenstück handelt von vier ungleichen Freundinnen, die in den krisenhaft-prekären Jahren vor und nach dem Ende des Ersten Weltkriegs miteinander zur Schule gehen, gemeinsam aufwachsen und eine Reihe von psychisch einschneidenden Erfahrungen durchmachen, die sie – fast wider Willen – in ihrer eigenwillig-schizophrenen Gruppenidentität bestärken. Der Alltag der Freundinnen, ihre erotischen Abenteuer und Verstrickungen, ihre Sehnsüchte und ihre Anmaßungen werden von der namenlosen Ich-Erzählerin in Form einer zunehmend manische Züge offenbarenden »Lebensbeichte« zu Protokoll gebracht. In welcher Stadt die Haupthandlung spielt, bleibt bewusst offen. Der Name Wien fällt kein einziges Mal. Der Roman könnte also auch in Berlin, Hamburg, München oder einer anderen deutschsprachigen Großstadt spielen, in der die aus dem verlorenen Ersten Weltkrieg resultierende ökonomische Deklassierung breiter Bevölkerungsschichten bei den Betroffenen zu einem anhaltenden Gefühl der Weltangst und der »transzendentalen Obdachlosigkeit« (Siegfried Kracauer) führt. Da die Liebe sich fortwährend als Illusion entpuppt, die wirtschaftliche Existenz konstant gefährdet erscheint und auch die Familie keine letzte Sicherheit bietet, stellen unverbindliche Zerstreuung, verantwortungsloser Schabernack und die opportunistische Ausmünzung des eigenen Körpers zu einem gängigen sozialen Aufstiegs- und Zahlungsmittel die einzigen zumindest mehr als Nichts versprechenden Auswege aus dem entromantisierten Alltag des industriellen Massenzeitalters dar.

Ganz ähnlich wie es Irmgard Keun in *Gilgi, eine von uns* (1931) oder ihrem 1932 erschienenen »Frauenroman« *Das kunstseidene Mädchen* vorführen wird, geht auch die

Erzählstrategie in *Viermal* ICH von einer grundsätzlichen Desillusionierung aus, die für die Literatur der Neuen Sachlichkeit typisch ist.

Für alle vier Protagonistinnen – die schöne, unnahbare Professorentochter Grete, die freche, freizügig-sinnliche Anette, die optisch unattraktive aber mit einem scharfen Verstand begabte Ulla und die hypersensitive Erzählerin – stellt sich das Dasein als Frau in der männerdominierten, auf Schein und Pose fixierten Scheinwelt der gar nicht so goldenen Zwanziger Jahre als eine Kette von herben Enttäuschungen, unerwarteten Schicksalsschlägen und psychisch nur schwer zu bewältigenden Gewaltakten dar. Diese werden in schnoddrig-aufgekratztem Plauderton – in zahlreichen Rückblenden, unerwarteten Schnitten und filmischen Einzelsequenzen – zu einer impressionistischen Sprach-Gefühlswelt verdichtet, die die Prosa Irmgard Keuns und anderer Autoren ihrer Zeit stilistisch weit hinter sich lässt und damit zugleich souverän vorgreift auf ästhetische Brechungsverfahren und narrative Fragmentarisierungstendenzen des postmodernen Romans.

Doch was hat es mit dem leitmotivisch auftauchenden Trugbild der »Fremden« auf sich, die der Ich-Erzählerin immer dann in Spiegeln, Schaufenstern oder anderen reflektierenden Oberflächen erscheint, wenn Ereignisse eintreten, die offensichtlich zu belastend sind, um sie zu verdrängen?

»Die Fremde« steht sinnbildlich für das freudianische ES: Das Unbewusste, das letztlich nicht unterdrückt werden kann und sich irgendwann unweigerlich an die Oberfläche der Persönlichkeit drängt – mit katastrophalen Konsequenzen für das eigene Ich. Von diesen Konsequenzen, der nie zu unterschätzenden Gefahr des Ungelebten und Verdrängten, und nicht zuletzt der selbsttherapeutischen Kraft des Schreibens, handelt auch *Viermal* ICH: »Wenn die Spiegel versagen, die Schaufenster und die Glaskugeln, die geschliffenen Tintengläser und die polierten Tische, vielleicht hilft dann das Wort, das geschriebene Wort. Wie heißt es doch: UND DAS WORT IST FLEISCH GEWORDEN …« (S. 11)

Der Nachlass in Metallkisten

Im September 2022 nahm ich eine Einladung von Kathleen Dunmore nach Nottingham an. Nach dem Tod ihrer Mutter Judith, die Anfang 2020 hochbetagt verstarb, holte sie sich endlich den Nachlass ihrer geheimnisumwitterten Großmutter ins Haus, den diese kurz vor ihrem Suizid im Jahr 1948 in Stockholm minutiös vorgeordnet hatte. Jener befand sich bis dahin für über sechs Jahrzehnte in zwei schwarzmetallenen Kisten unter einem großen Überwurf im Wohnzimmer der Familie Dunmore in Northampton. Für Judith Dunmore war der Nachlass Maria Lazars ein Tabu, an dem nicht zu rütteln war. Zu schmerzlich war die Erinnerung an das langwierige körperliche Leiden der Mutter, an ihren Selbstmord mit dem Föhn in der Badewanne. Zu schmerzlich wohl auch die Erinnerung an zwei ihrer unverheiratet gebliebenen Tanten, die Ende August 1942 im weißrussischen Vernichtungslager Maly Trostinec von der Waffen-SS ermordet wurden. Die Kinder durften die Kisten niemals öffnen.

Nun aber war es endlich so weit. Die Enkelin war bereit, den Bann zu brechen. Da es ihr verwehrt blieb, ihre talentierte Großmutter im Leben kennenzulernen, wollte sie dieser nun, über 70 Jahre nach ihrem Tod, zumindest in ihrem Schreiben begegnen. Im Auftrag des Ö1 begleitete mich die umtriebige Drehbuchautorin und Regisseurin Kerstin Schütze nach Nottingham, um diese Reise auf den Spuren Lazars und die Sichtung des Nachlasses für den Hörfunk zu dokumentieren. Gemeinsam mit Kathleen öffneten wir die Kisten und entdeckten einen Schatz.

Neben bislang noch völlig unbekannten und unveröffentlicht gebliebenen Romanen wie *Viermal ICH*, *Zwei Soldaten* und *Det kam af sig selv* (Das kam wie von selbst) fanden sich eine Handvoll vollendete, aber unaufgeführt gebliebene Theaterstücke, darunter *Der blinde Passagier*, *Die Hölle auf Erden*, *Die Weiber von Lynö* (Die Dramatisierung Ihres Romans *Der Fall Rist*) und *Die Liebe höret niemals auf*, darüber hinaus mehr als 30 Kurzgeschichten, Erzählungen und Essays, zwei Filmideen und zwölf Gedichte.

Anfang diesen Jahres ging dieser Schatz endgültig ans

Literaturhaus Wien, wo er nun – in der Stadt, die Maria Lazar bis 1934 als ihre geistige Heimat betrachtete und in der sie zur Schriftstellerin reifte – einer gründlichen philologischen Untersuchung und editorischen Aufbereitung harrt. In Anerkennung der Verdienste meines Verlags *Das vergessene Buch* um die literarische Wiederentdeckung ihrer Großmutter haben Kathleen Dunmore und ihr in Australien lebender Bruder Jim Dunmore DVB die weltweiten Vermarktungsrechte für alle noch unveröffentlichten Schriften Lazars übertragen. Wir werden uns dieses Vertrauens und der damit einhergehenden Verantwortung würdig erweisen und uns weiterhin mit Verve und Pathos dafür einsetzen, dass Maria Lazar als einer der bedeutendsten deutschsprachigen Autorinnen der ersten Hälfte des 20. Jahrhunderts heute und in Zukunft die Anerkennung zuteil wird, die ihr im Leben größtenteils versagt blieb.

In ihrem späten Poem *An meinen unbekannten Leser*, das zum Schönsten zählt, was die Dichterin Maria Lazar uns hinterlassen hat, scheint sie diese ihre Wiederentdeckung in unseren Tagen bereits zu Lebzeiten vorauszusehen und – so stelle ich es mir als Verleger und Herausgeber vor – mit einem augenzwinkernden Lächeln zu quittieren. Es sei hier daher zum Abschluss in voller Länge abgedruckt.

Wien, im März 2023

An meinen unbekannten Leser

Ich kenne dich nicht und ich werde dich nie
kennen lernen.
Aber in fernen
verregneten Tagen
liegt mein Buch vor dir aufgeschlagen.

Es ist irgendwie an dich gekommen,
du hast es so nebenbei nur genommen
von irgend einem verstaubten Regal
oder irgendwer hat es einmal
so nebenbei nur vor dir erwähnt
und du hast es von ihm entlehnt.

Nun liegt es vor dir, du liest darin,
du hörst gar nicht auf, so reißt es dich hin,
denn die Welt, die ich da gebaut,
die hast du ja als Kind schon geschaut,
du hast ihre Felder und Straßen gekannt,
nur dass du sie nicht beim Namen genannt,
du hast ihren Duft, ihre Wärme gerochen,
nur dass du es selber nicht ausgesprochen,
und was mich erregte, was ich empfunden,
bewegte auch dich in einsamen Stunden
und der Satz, den wir beide am meisten lieben,
den hättest beinahe du selber geschrieben.

Ich kenne dich nicht und ich werde dich nie
kennen lernen.
Aber in fernen
verregneten Tagen
liegt mein Buch vor dir aufgeschlagen.

Ich bin nicht umsonst auf Erden gewesen,
wenn nur einer wie du es für sich gelesen,
und ich brauche nicht länger zu träumen
von fernen strahlenden Sternenräumen,
mir genügt deiner Lampe Schimmer
im stillen Zimmer.
Auf springt mein Wort dort aus klingender Saat –
sei mir bedankt mein unbekannter Leser,
sei mir bedankt mein Kamerad.

Editorische Anmerkung des Herausgebers

Die vorliegende Edition ist die Erstausgabe des Romans *Viermal* ICH. Er wurde noch nie veröffentlicht. Das Typoskript, auf dem diese Ausgabe basiert, befindet sich im Nachlass Maria Lazars, der bis Ende 2022 im Privathaus der Enkelin Kathleen Dunmore in Nottingham lag und nun in der Österreichischen Exilbibliothek im Literaturhaus Wien aufbewahrt wird. Es existiert nur ein Durchschlag. Das Typoskript befand sich in losen Einzelblättern in einem braunen kartonierten Umschlag, umfasst 184 maschinenschriftlich eng beschriebene Seiten, die bereits einige Alterserscheinungen aufweisen, und enthält weder scharfes s (ß) noch große Umlautbuchstaben. Fast jede Seite weist Sofort- und Spätkorrekturen sowie nachträgliche handschriftliche Eingriffe auf, sodass eine Texterfassung mittels OCR mit einigen Herausforderungen verbunden war und mehrmalige Korrekturlektüren erforderte. Die Autorin verwendet bei direkter Rede keine Anführungszeichen, sondern markiert deren Beginn mit einem Gedankenstrich. Diese Eigenheit wurde beibehalten, da sich so fließende Übergänge zur erlebten Rede und zum Bewusstseinsstrom ergeben, die poetisch fruchtbar sind und einen Teil der besonderen Dynamik von Lazars Prosa ausmachen. Offensichtliche Tippfehler und eindeutige Textverderbnisse wurden stillschweigend ausgebessert. Orthographisch wurde der Text weitgehend heutigen Gepflogenheiten angepasst, mit Ausnahme von konsequent auftretenden Stilmerkmalen wie der Auseinanderschreibung von »irgendein«. Interpunktorische Eigenheiten wurden weitestgehend originalgetreu beibehalten. Nur in seltenen Fällen – nämlich dort, wo diese sinnentstellend wirkten – wurde eingegriffen. Heutzutage ungewöhnlich erscheinende Austriazismen und Anglizismen wurden nicht angetastet, da sie erheblich zum spezifischen *Sound* von Lazars Prosa beitragen. Substantivkomposita, die im Sinne der grammatikalischen Korrektheit damals wie heute ein Fugen-s benötigen, wurden, da die Autorin hier nicht konsequent verfährt, durchweg mit einem solchen versehen. Den Textfluss störende Absätze sowie Leerzeilen zwischen Textblöcken wurden in seltenen Fällen, wo kein Sinnzusammenhang erkennbar war, aufgelöst.

Dank

Ich danke Kathleen Dunmore für ihre herzliche Gastfreundschaft in Nottingham, für ihre engagierten Bemühungen um das Vermächtnis ihrer Großmutter und für das große Vertrauen, das sie mir als Verleger und Herausgeber von Anfang an entgegenbrachte; Johann Sonnleitner für seinen verdienstvollen Einsatz als Herausgeber der ersten drei Romane Maria Lazars; Kerstin Schütze für ihre Begeisterung und ihren Ideenreichtum in Bezug auf die Wiederentdeckung der Autorin; Johannes Spreitzer für sein gewissenhaftes Korrektorat der vorliegenden Edition; Kevin Mitrega für einen makellosen Buchsatz; Lukas Spreitzer für ein Cover, das sich sehen lassen kann; und nicht zuletzt Oliver Lubrich, meinem Doktorvater in Bern, der mir stets mit Rat und Ermunterung zur Seite steht und dadurch die Begeisterung für die bewusstseinserweiternde Kraft der Dichtung und die Freude an der Literaturwissenschaft in mir wachhält.

MARIA LAZAR (1895–1948) entstammte einer jüdisch-großbürgerlichen Wiener Familie. Sie absolvierte das berühmte Mädchengymnasium der Eugenia Schwarzwald, in deren Salon Oskar Kokoschka sie 1916 porträtierte und in dem sie mit zahlreichen prominenten Figuren der damaligen Wiener Kulturszene zusammentraf, darunter Adolf Loos, Hermann Broch, Elias Canetti und Egon Friedell. Seit den frühen 20er Jahren war sie als Übersetzerin tätig und schrieb für renommierte österreichische, skandinavische und Schweizer Zeitungen. Erst als sie 1930 zum nordischen Pseudonym *Esther Grenen* greift, stellt sich quasi über Nacht ihr verdienter literarischer Ruhm ein; ein Erfolg, der allerdings durch die Machtergreifung der Nationalsozialisten ein jähes Ende findet. Aufgrund des repressiven Klimas verlässt sie schon 1933 mit ihrer Tochter Österreich und geht zuerst, gemeinsam mit Bertolt Brecht und Helene Weigel, ins Exil nach Dänemark. 1939 flüchtet sie nach Schweden und scheidet 1948 nach einer langwierigen, unheilbaren Krankheit freiwillig aus dem Leben. Ihr breitgefächertes und wagemutiges literarisches Œuvre geriet schon vor 1945 völlig in Vergessenheit. Im Verlag *Das vergessene Buch* werden ihre literarischen Werke seit Ende 2014 sukzessive wiederentdeckt.

Der Herausgeber ALBERT C. EIBL, geb. 1990 in München und aufgewachsen in Italien, ist Verleger, freier Publizist und Germanist. Als Gründer und Leiter des Wiener Verlags *Das vergessene Buch* war er maßgeblich an der Wiederentdeckung der österreichisch-jüdischen Schriftstellerinnen Marta Karlweis, Else Jerusalem und Maria Lazar beteiligt. Darüber hinaus promoviert er bei Oliver Lubrich an der Universität Bern zur Poetik des ›verdeckten Schreibens‹ in verschiedenen Epochen der Zensur. Zuletzt publizierte er die Monographie *Der Waldgang des ›Abenteuerlichen Herzens‹. Zu Ernst Jüngers Ästhetik des Widerstands im Schatten des Hakenkreuzes* und gab die lange zu Unrecht vergessenen Auschwitzerinnerungen *Ferien am Waldsee* des ungarisch-jüdischen Kunstsammlers und Galeristen Carl Laszlo neu heraus.